哉 少 年

著

凤文艺出版社

图书在版编目（CIP）数据

美哉少年 / 叶弥著. — 南京：江苏凤凰文艺出版社，2016
 ISBN 978-7-5399-8856-6

Ⅰ.①美… Ⅱ.①叶… Ⅲ.①长篇小说—中国—当代 Ⅳ.①I247.5

中国版本图书馆 CIP 数据核字(2015)第 260563 号

书　　名	美哉少年
著　　者	叶　弥
责任编辑	黄孝阳　汪　旭
出版发行	凤凰出版传媒股份有限公司
	江苏凤凰文艺出版社
出版社地址	南京市中央路 165 号，邮编：210009
出版社网址	http://www.jswenyi.com
经　　销	凤凰出版传媒股份有限公司
印　　刷	南京新华泰实业有限责任公司印刷厂
开　　本	880×1280 毫米 1/32
印　　张	8
字　　数	155 千字
版　　次	2016 年 1 月第 1 版　2016 年 1 月第 1 次印刷
标准书号	ISBN 978-7-5399-8856-6
定　　价	35.00 元

（江苏文艺版图书凡印刷、装订错误可随时向承印厂调换）

目录

第一章 \ 001

第二章 \ 008

第三章 \ 017

第四章 \ 023

第五章 \ 029

第六章 \ 040

第七章 \ 052

第八章 \ 056

第九章 \ 070

第十章 \ 082

第十一章 \ 089

第十二章 \ 102

第十三章 \ 113

第十四章 \ 122

第十五章 \ 137

第十六章 \ 147

第十七章 \ 161　　　　第二十三章 \ 209

第十八章 \ 169　　　　第二十四章 \ 219

第十九章 \ 176　　　　第二十五章 \ 231

第二十章 \ 182　　　　第二十六章 \ 245

第二十一章 \ 194　　　后　记 \ 248

第二十二章 \ 197

第一章

　　李不安十一岁了,父亲李梦安再三劝他上学,他不肯。为这事,父子两个已经一个星期不说话了。

　　两个人不说话的那天是星期一。到了另一个星期一,李不安离开家,开始在村子里流浪。这村子里全是穷人,穷人家的门总是开着,不加锁的。李不安在吃饭前就坐到人家屋里等着,等人家的媳妇回来烧饭,他又出去,四处游荡。估计人家差不多该开饭了,他又回去把吃饭这件事做完。

　　有时候他吃完饭也会神气一下,说:

　　"小翠子,明天不在你家吃了。你去告诉小虫子家,就说他家里多一个吃饭的人。"

　　东家吃一顿,西家吃一顿,夜里钻到熟悉的稻草堆里睡觉。刚收下来的稻草香喷喷的,芦花灰白色的绒毛飘得满村都是。有一天,李不安睡到半夜被一对出来偷情的男女惊醒了,那个男人说:

"你看,今年的芦花飘得特别低。"

女人回答:"可不是?我脚板上也踩了几个,不信,你就着月光瞧瞧。"

李梦安和妻子朱雪琴是一对特别沉得住气的夫妻。儿子不回来,两个人该做什么就做什么,好像什么事都没有发生。李梦安拿出他的《毛泽东选集》躺到床上去看,他在书里夹了一本薄薄的《黄培英毛线编结法》,一九三八年出版,封面上套印着当时的电影明星周璇穿着毛线衣的照片,眼睛向下斜睨,作望穿秋水状。照片下一行小字:周璇小姐爱用AA绒线。李梦安喜欢从第一页看起,因为以下的每一页都配有一张美女照,烫着差不多的发型,肩上用着垫肩,笑容也是大致相同的。

朱雪琴今天的目标是照着菜谱做一道药膳"西瓜鸡"。她拿起她那本《毛泽东选集》进了厨房,打开,念道:

一只西瓜,削顶去瓤,留盖待用;一只半斤重小公鸡,洗净沥干水分,整只放进西瓜里,再以火腿片、肥肉、天麻片;盖上西瓜盖子,上笼蒸熟即成。

原来她在选集里夹了一本手抄的菜谱。

念完以后,她想起一件事,就拿起长柄勺子,走到厨房的窗户前,伸出勺子敲敲卧室的窗户,喊道:

"李梦安,没有西瓜怎么办?"

没听见回答,她只好自己回答自己:"没有西瓜么?拿南瓜代替"。

她解下围在腰间的围布,叠好,把一只只花边捋服帖,到卧室去找李梦安。从厨房到卧室,她要经过屋子外面的黄泥地,还要经过坑洼不平的堂屋。这一走,她就看见了许多东西,泥泞的土地,屋子里的泥脚印,又成灰黑色的煤油灯罩。她想起了两年前还在城里,与李梦安住着一幢砖木结构的小楼,四周干干净净,各色花卉按时令开放。入夜,日光灯亮而柔和的光线照着丝绸睡衣。

她闭一闭眼,就到了李梦安面前。

她说:"李梦安,今天呢,我想做一个西瓜鸡。你说,我明天做什么?"

李梦安头也不抬地说:"明天做什么?明天还是做我的女人。"

朱雪琴无聊地站在床边,动动手,发现自己手里拿着长柄勺子。她想:我拿着这个东西干什么?

李梦安一抬头,看见她对着长柄勺子思考什么问题,就问:"你拿着这个东西干什么?"

朱雪琴拿着勺子不经意地敲敲李梦安的腿,勺子和腿共同制造出来的声音让她感到心里很安稳,那声音是结结实实的。

她试着再敲一下,感觉不错,再敲一下,再敲一下。李梦安扔下书,笑眯眯地问:"你在干什么?"

朱雪琴说:"我恼了。你成天只晓得躺在床上,话也不和我说。我做菜的时候,希望你坐在旁边看着,我做得好,你就夸奖夸奖我。我若做得不好,你也要夸奖一声。"

李梦安轻声道:"我看《毛选》呢。多看看,少吃苦头。"

朱雪琴一下子提高了声音,长柄勺子也从李梦安的腿骨上转移到髋部。"你以为我不知道你在干什么?我明天就汇报给你们的校长,就说你成天看资产阶级小姐。你堕落。"

李梦安坐起来,一只脚在地上找鞋子。嘴里说:"是啊,我已经堕落到这个地步了,你还不依不饶的。啊!"

他趿拉着鞋子走到门口,回过头来对朱雪琴说:"我去找儿子。把他找回来,还是要让他读书。这回我不让他对我讲一些大道理,你给我准备好一根棍子,一回来我就揍他一顿,他不上也得上。我们李家的子孙,不能出一个文盲,他至少也得像我这样,在大学里教教书,混口饭吃。"

朱雪琴说:"你什么时候又回大学里教书了?我怎么不知道。"

李梦安回来了。到厨房里坐下,一开口就说:"你烧的什么?哦,是西瓜鸡,真香。我从来没有闻过这么香的菜,你真有本事。我们李家,男人都是干大事业的,女人全在家里做太太,料理家务。那些太太,全是大户人家出身,知书达理,出得厅堂,下得厨房。但是没有一个像你这样能干有本事的。当初我娶你的时候,亲戚中有几句嘀咕,说我怎么娶了一个小巷子里的姑娘。我当时就说,你们所有的女眷走出来看看,哪一个相貌有朱雪琴好看。我真是找对人了,我的女人,生得美,又会做什么西瓜鸡。"

朱雪琴说:"不是西瓜鸡,是南瓜鸡。儿子呢?"

李梦安说:"我出了大门朝南走。碰到大队书记孙某人。他对我说,昨天,民兵抓了五个偷窃犯,逮了六个耶稣教徒,一共是十一个人,明天让他们站到小学校的操场上示众,请你和我一起站站,凑成十三之数。"

李不安为什么不愿上学呢?理由是这样的:他爸爸李梦安学问高深,结果常挨批斗。在城里是这样,下放到农村还是这样。

李不安三岁前不叫李不安,叫李小安。一九六七年秋天,武斗的时候死了许多青年,流弹打死了一个买菜的孕妇,大学里的教授站到台子上挨批斗。这些,都是李梦安看见的。李梦安拿着户口本到派出所去给儿子改名,那名中年男户籍警问也不问就把李小安改成了李不安。

"你儿子从此就叫李不安了。"李梦安回来对妻子朱雪琴讲。

朱雪琴正在院子里的井边洗一条鱼,听到这话,她放下鱼,直起身来,直视着李梦安的眼睛,簌簌地落下一长串眼泪。

"你哭什么?"李梦安问。

朱雪琴说:"我爸妈都是小市民,老实巴交的小市民,我爸读过私塾,我妈没读过书。他们没有教会过我什么,只是教会我凡事都要让着走,有危险没危险的事,都得让着走。实在避让不开,你觉得大难临头了,那也听天由命。我妈说过,嫁鸡随鸡,嫁狗随狗,嫁块木头,扛着走……所以我只好哭了。"

事实证明朱雪琴的预感是正确的。李梦安一时的热血冲动换来无数的批斗,人家问他为什么不安,对社会主义是否存有刻骨的仇恨?朱雪琴受了牵连,在她的厂里检查认错。

"你怎么样?"李梦安问她,不等她回答又说:"我受不了了。我浑身都是伤,这还是小事,老是那么低着头站在台子上认罪,我觉得特别不像一个人。有一回我偷眼一瞥,只见我的女学生们全站在台子下面看着我,我当时就淌出了眼泪。你也知道,我的女学生们对我特别好,我呢,平时在她们面前也特别像个人。这下全完了。"

于是李梦安再次拿了户口本到派出所去。

接待他的是一个女民警。

"找谁?"她问。

"我找×××。"

"干什么?"她问。

"上次在他手里改了儿子的名字,这次想把名字重新改过来。"

"他离开这里了。"她说。

"哦。"

"有什么事,说。"她说。

李梦安战战兢兢地递上户口本,指着"李不安"这三个字说明了缘由。女民警眼珠骨碌一转,突然捂着嘴大笑起来。然后,她把户口本砸到李梦安的头上。"这是罪证,不能改。滚。"她说。

李梦安从地上捡起户口本回家。坐在院子里的玉兰树下,从傍晚坐到夜里十一点钟。当自鸣钟"当当"地敲了十一下后,朱雪琴开了门坐到身边,把头倚在他身上。"我们一家三口,你、我、不安,谁都不能死,好死不如赖活着。"朱雪琴说。

"不死,那就堕落吧。"李梦安说。

朱雪琴温存地说:"我跟你一起堕落。两个人一起堕落就不害怕了。"

过了不久,他们的花园洋房作为资产阶级的房产被有关部门没收。接着,另一个有关部门对他们夫妇两人作了审查,因为朱雪琴祖上三代都是城市贫民,属于家世特别干净的一类人。所以,又过了一阵子,第三个有关部门通知李梦安,全家下放某农场劳动,接受贫下中农再教育。李梦安长吁一口气,以手加额,庆幸没有坐牢,也不用到"五七"干校去监督着劳动。

"你看,当初你妈你爸全心全意一大家子全都反对娶我,说我家跟你们门不当户不对,现在看出好处来了?"朱雪琴说。

"是啊!"李梦安苦笑,"早知道应该娶两个你这样的老婆。"

第 二 章

李不安在村子里流浪到第五天,他的小伙伴小虫子来通知他:"李不安,你爹你妈今起一大早就站小学校操场上了。你爹弯着腰,你妈站得笔直。"

李不安心中一阵慌乱,从草堆里站起来,强自镇定地拍拍衣服,把两只手背到后面,学着大队书记的样子踱踱四方步,若无其事地说:"小虫子,你把你两条鼻涕擦擦干净,我每次看见它们心中就来气。"

小虫子回答:"嗯。"

李不安踱到无人处,一蹦老高,跺了一阵脚,一猫腰,像个贼一样窜进芦苇荡,过河爬沟,一会儿就看到了小学校的操场了。好多人啊,他爸爸李梦安低着头,他妈妈朱雪琴没低头,站得笔直,安详地看着观众,像看风景一样。

李不安好几天没有见到他的妈了,他特别想在近处细细看看他的妈。另外,他担心他妈妈被人吐口水,扔泥块。他得保护他的母亲。

李不安在河里捞了一把淤泥,在脸上一抹,三混两混地,就混到了人群里。朱雪琴眼睛一扫,看见了儿子,觉得儿子离家几天以后,瘦了不少。心里一着急,顾不得许多了,弯下腰去系鞋带,飞快地拿起一块砖头砸到自己的脚上。"哎哟哎哟。"她坐到地上皱着眉头哼哼起来。

"谁砸的?谁砸的?"大队书记孙二爷铁青着脸跑过来。

"二爷,她自己砸的。"有人说。

"胡说。"大队书记说,"我孙二爷看见了,不是她自己砸的。这样吧,朱雪琴,你先回去,把《毛选》看上一遍,就没事了。"

李家有两本《毛泽东选集》,一本是李梦安学习的,字里行间干干净净,里面夹一本《黄培英毛线编结法》。另一本是朱雪琴学习的,空白处密密麻麻地写了心得,显得比李梦安认真。但你仔细看一眼就会发现,她不过是把书里的内容重新抄一遍。譬如:在"目前形势和我们的任务"那一章下面,她用红笔写道:目前形势和我们的任务!目前形势和我们的任务是什么呢?一定要看看《目前形势和我们的任务》这一篇光辉著作。

朱雪琴跛着脚,和李不安手牵着手回家。

母子两个人你看看我,我看看你。朱雪琴说:"不安,妈昨天烧好一只南瓜鸡,炖在锅里没动,你回去吃掉它。妈再给你蒸一块蛋糕,上次做的蛋糕放的粉太多了一点,不松。这次我给你多放两只鸡蛋。"

李不安说:"妈,你的脚疼得厉害吗?"

"不怎么疼了。但是我得装疼,哎哟,哎哟,疼啊!"

母子两个笑起来。

李不安又说:"妈,你为什么对我那么好?人家的妈,我看对儿子也不像你那么好的。"

朱雪琴想了一想,说:"这个问题把我难住了。是这样的,你妈妈我,上头有两个哥哥,两个姐姐,他们都成了家,他们一共生了七个女儿,一个儿子也没有。到你妈妈这里,总算生了一个儿子。所以,你妈妈我就特别宝贝你。"

回到家,朱雪琴进厨房忙去了。下午五点钟前,她做好了一只蛋糕——蛋糕是放在铝皮饭盒里蒸的。一条松鼠鳜鱼。南瓜鸡重新热了一下。还烧好一锅香喷喷的绿豆粥。

李不安说:"妈,我想来想去,觉得你对我,哎,真是好。"

朱雪琴脸色一凛,这时候她就像个当母亲的样子了:"不安,你这句话又对,又不对。妈怎么会对儿子不好?但是你不在家的时候,妈也是有滋有味地按菜谱做好多菜。你知道这是为什么?"

李不安偏过头去从头到脚打量他妈一眼,朱雪琴心里没来由地一害怕。她近来觉得儿子大了,儿子的目光里总有一种审视的欲望。还好,李不安看过他妈以后,什么话也没说。

于是朱雪琴也不说话了。屋外吹着风,满村子飘着芦花,像飘着雾一样。

两个人正沉默间,李梦安回来了,站在屋子里仔仔细细地捡身上沾着的芦花。他穿的衣服上面尽是补丁,但他捡芦花的样子就像穿着一身毛料新西服。这件事做完以后,他抬起头淡淡地说:"雪琴,晚上吃什么?"

吃好晚饭,李梦安开始在屋里踱来踱去,朱雪琴看着这种架势,后悔让他喝了半斤白酒。正后悔间,李梦安发作了。"不安,你过来。"李梦安喝令儿子。

李不安乖乖地走到父亲面前。

"跪下。"李梦安指了脚下。

李不安跪下。

"你这几天在村子里胡混,看到了什么?学到了什么?说出来让我听听。"李梦安说。

"我在河里洗了一个澡,还洗了衣服,捉掉了裤缝里的虱子。"李不安认真地回忆,"搀一个老太太过河……夜里,看见人家乱搞男女关系,我硬把眼睛闭上了。"

"还有呢?"

"我一天吃两顿,把肚子吃饱了,不生病。"

"那么,就是说,你还是不想去念书?"

"不想。"

李梦安踢了儿子一脚。踢了一脚之后，他心头的火一下子冒上来，抬腿又踢了儿子两脚。"滚！"他吼道，"滚到厨房里去，你只配睡在厨房的柴草堆里。我们李家从来没有不读书的子孙，你是第一个。你为什么要捉掉裤缝里的虱子？你留着，让它们爬满裤缝，爬满全身，然后你就拿一根棍，一只碗，出去要饭。"

李不安含泪瞧了父亲一眼，站起来，落寞地朝厨房走去。

李梦安一转身朝朱雪琴吼起来："你干什么站在这里摆出这种神态？你舍不得他是不是？那你陪他到厨房里去睡。"

朱雪琴慢悠悠地反击道："儿子不好，又不是我一个人生的。我们两个人，一人一半责任。"

"你还怪我？"李梦安火气又上来了，"看看你这个当妈的平时都干了些什么，刚才在学校操场里，你拿砖头砸了自己的脚，你当我没看见？平时，你还会撒谎，耍小手段……你当我不知道？你那小市民的一套什么时候能改好？"

说到这里，李梦安觉得心里的火气有点消了，他从头到脚都舒坦得不得了。他看看朱雪琴，见她没有反应，就得意地想把话说完："当然，我也不是没有缺点。譬如说，自下放到这里，虽然我极力让积极乐观的精神支撑着我，但我还是出现了一些问题，外部的症状就是在《毛选》里藏了一本《黄培英毛线编结法》。当然你也知道，我是看里面的美女照片……"

朱雪琴盯着李梦安的眼睛，冷静地说："李梦安，我操你全家。"

到了晚上，朱雪琴在厨房里放了一个大木桶，里面放满了水，准备把自己清洗干净。她知道今天夜里李梦安一定会要她，她不能对他说"不"。这种情况下的男女之事，更像是态度明确的一种安抚……就像李梦安牙痛，对她说："亲爱的，我的牙痛死了，你给看看。"朱雪琴不能不给他看，更不能说牙痛不是病，痛死无人问。当然，她知道看了也不能减轻疼痛，但是看总比不看好。

朱雪琴脱了衣服，盘腿坐进木桶里，木桶里的水溢了出来，急急忙忙地朝一个倾斜的方位流去，那个方位的尽头，墙根底下，有一只老鼠打的洞。水流到三分之一的路程就被泥地吸掉了，地上留下水流过的痕迹，比边上的颜色深一些。

朱雪琴呆呆地望着老鼠洞，想：人要是像老鼠就好了。想想看，我们一家三口。如果是三只老鼠，成天就想着吃饱肚子，打了洞，晒晒太阳，一家三口吃饱了就在洞里吱吱吱吱地说话。不会想到什么自尊的问题。不会打肿脸充胖子，在一个穷山恶水的地方，做什么西瓜鸡南瓜鸡，还想着什么学问之类的问题。

她懒懒地从桶里站起来，桶里的水刹那间退了一半，而她身上的水不停地向桶里滴落。她发现自己有点冷，浑身起了一层鸡皮疙瘩。凭空里就成了一只半青不熟的尖刺杨梅，这让她心中很不舒坦。

她决定什么都不想。

这天夜里,她感觉很不好。李梦安不停地让她变换姿势,显出惶惑不安,没有着落的样子。他也不再鼓励她,夸奖她是多么好,反而皱着眉,一个劲地嘀咕着:"不对,不对。"后来朱雪琴生气了,说:"什么不对?是你不对还是我不对?"李梦安说:"点灯吧,把所有的灯都点起来。"

他裸着身体在屋里跑来跑去,把所有的煤油灯全收集到一起,放在卧室的小书桌上,点亮了它们。室内一时明亮得可怖,白墙上晃动着绿色和黄色的圆——极度明亮以后的幻象。朱雪琴用手捂住眼睛,说:"太亮,眼睛受不了。"

李梦安不满意地说:"你是不是觉得这样太浪费煤油?你跟你妈一个德性。"

朱雪琴的眼泪从捂着眼睛的手指间里流淌出来。

李梦安说:"非得点亮不可。我有个预感,今天不点灯,我就会阳痿,而且永远治不好。"

朱雪琴坐起来,飞快地穿衣服。李梦安推了她一把:"躺下,不许动。"朱雪琴就躺着穿衣服,李梦安上来抢她手里的衣服。突然,朱雪琴朝窗外叫了一声:"不安。"

李不安在窗外答应了一声:"哎。"

趁李梦安愣着的时候,朱雪琴穿上衣服走了出去。

"你在这里干什么?梦游呢?"她问儿子。

"我听见声音,好像爸爸对你不好。"李不安说。

"没有不好。你去睡吧。"朱雪琴想了一想,说:"你睡到你自己的房间里去吧。"

李不安说:"不。我睡在草堆里很舒服。刚才,有一只老鼠爬到我身上,伸出它的长胡须,对我说:吱,吱,吱。还有一只蛾子钻了进来出不去,急得死命地扑腾,像一个人快淹死那样。我帮了它一下,让它飞走了。"

朱雪琴说:"不安,你是个好孩子。"

朱雪琴回到屋里的时候,李梦安仰天躺在床上,闭着眼睛,几盏煤油灯被他移动了位置,一盏放在他脚边,一盏放在他的头顶,然后,他左手握着一盏,右手也握着一盏。

朱雪琴不禁笑出了好听的声音。

"你这样子真像个死人。"她说。

李梦安说:"我就是个死人了。我觉得自己活着毫无道理,我用这种方式来幻想自己已经死了。真的,这种幻想特别有意思,几乎就跟真的一样。"

朱雪琴说:"不安会看见的。"

"看见也好,我整天教育他要这样那样,假装出对生活有无限的热情,其实连我自己也不知道,过了今天,明天会怎么样。"

朱雪琴把油灯一盏一盏拿开,拿开一盏就吹熄一盏。屋子又沉入黑暗里了。她脱掉衣服上了床,摸摸李梦安的手,摸摸他的腿间,俯下身去吻吻他的嘴。她心里充满了忧伤和绝望,她怜悯自己,怜悯她的男人,她要用巨大的温情覆盖掉忧伤和绝望。

但是李梦安拒绝了她。"不"。他说,"我在想事,别干扰我。"

"想什么?"

"你和你儿子之间,到底是怎么回事?你们两个人好得连我也插不进去。干脆夫妻让你们做得了。"

朱雪琴忍着气笑了一声,说:"你这个人真是古怪,天下哪有做妈的跟儿子不好的?我的大哥从部队里回来探亲,夜里跑到我妈的床边,说,哎哟哎哟,我的脚好冷,我妈就对他说,睡我脚边吧,我给你焐焐。我大哥的脚放我妈的怀里焐了半宿。"

第三章

　　第二天，李梦安被小学校长叫到家里去。校长也姓孙，是大队书记的舅舅，读过三年私塾，数学上只会加减法，不会乘除法。但他的辈分在这地方上是最高的，又是大队书记的舅舅，所以他就做了小学校长。他做了小学校长之后，人家还是称他为孙大舅，因为他不管怎么看，总是不像孙校长的样子。

　　李梦安到校长家里时，他正在自家屋前的场地上，举着连枷一下一下卖力地打黄豆。他的黑黑瘦瘦的女人端来一条长板凳和两碗茶。长板凳放在孙大舅的屁股后面，两碗茶一碗放在长板凳上，一碗端给李梦安。她说："李老师，坐。"李梦安闻声坐到板凳上，又端着水认真地想了一想，离开板凳蹲到一边去了。

　　"李老师，坐凳子上。"孙大舅举着长板凳塞到李梦安的屁股底下，"学校里有一件要紧事，要叫个人到青岛去一趟。我考虑着让你去。"

　　李梦安离开凳子朝孙大舅哈一哈腰，说："孙校长，我昨天刚挨了批斗,叫我去出差,恐怕不恰当。"

孙大舅皱紧了眉头,气呼呼地说:"哎呀,我实在叫不到人啊。本来定好让副校长去,没想到她要生小孩了。教导主任也不行,他老婆说他一出门就要迷路,死活不让他去。我呢,我一上车就要上吐下泻。还是你去吧,你是城里来的人,见过世面的。你一定会把事情办好。事情是这样的:青岛东方红小学涌现出一批学《毛选》积极分子,你去的目的,就是把他们的学习笔记安全地带回来,让我们学习完毕,再安全地送回去。"

李梦安说:"说到学《毛选》的心得,我家朱雪琴也能有许多深刻的体会,比我强多了。"

孙大舅挥挥手说:"好了好了,谁不知道朱雪琴的《毛选》里夹一本菜谱。有一次我亲耳听见她对一个女人说,不夹在《毛选》里,难道夹在裤裆里?那个女人回话,说,就得夹在裤裆里,那是'封资修'的东西。你猜朱雪琴怎么说……哎呀,不说了不说了。那个女人就是我老婆。"

李梦安赶紧说:"朱雪琴是个小市民,您别生气。"

孙大舅再次一挥手:"我不生气。你准备准备,后天走。"

李梦安回家对朱雪琴说:"你看看,捞到一个轻松的好差使。我要像一只鸟一样,飞到外面去。"

朱雪琴冷冷地说:"难道你不再飞回来了……我要两条三角

018

短裤,一只胸罩,一件的确良衬衫,鹅黄或天蓝或粉红。"

一个星期后,李梦安回来了。李不安觉得家里发生了一件大事,因为自从父亲回来以后,脸上总是和颜悦色的,总是拉着母亲嘀咕个没完。母亲也是满腔高兴,有时候冷不防地冒出一句:"天下真有这么漂亮的女人?"

从青岛回来之后,李梦安就经常这样评价朱雪琴:"你也算得上是个顶尖漂亮的人物,但是没法跟人家比,真的,也不知你哪里不对劲。"

朱雪琴诚恳地回答:"是啊,不知道的事情很多,谁都不能骄傲自满。所以毛主席教导我们说,不要总认为自己才行,别人什么都不行,好像世界上没有自己,地球就不转了……我没有背错吧?"

一个月后,李梦安接受孙大舅的指示,再次出发到青岛去。这一次,他除了背了一大捆学《毛选》的心得笔记,还带上了朱雪琴。这对富有情趣的夫妻此行主要目的就是去看一位陌生的漂亮女人。

陌生的漂亮的女人在一个旅馆里当服务员,安静地做着她的工作,不怎么说话。她好像知道自己很美,知道自己的美要对所有的人负责,也知道因为太美,所以一定要谦和,谦和得不惊动这世上一丝尘埃。有人与她大声说话时她报以微笑,仿佛说,我不能用同样的声调与你对话,因为我有点特殊。"

朱雪琴拣了一个与漂亮女人面对面的位置,一边坐着,一边看了个心满意足。她的评价是:确实是个极品。回到家里,她对儿子说:

"你外公在世的时候,就好喝两杯酒。吃晚饭的时候,搬一只小凳子,一只大凳子。大凳子上摆一碟炒花生或老酱黄豆,就着喝黄酒。一边喝一边看来来往往的人。你外公外婆那时住在一条马路边上,四十几个平方米的屋子,住七个人。腊月里腌一小块猪肉,吊在吃饭的地方,吃饭的时候,我们望着那块肉,问你外婆,什么时候吃。你外婆说,过年吃。过了年,还是没吃。你外婆又说,到春暖花开的时候吃。春暖花开的日子一晃就过去了。你外婆说,夏天吃。过了夏天到秋天,你外婆说,到春节一定吃掉它,你看它都快变质了……

"就是这种生活,你外公却有闲心天天喝黄酒,看女人。有一次,他忍不住赞叹道,这个女人生得一个好屁股。结果,你外婆上去打了他一个耳光,骂他不正经。你外公从此就不喝酒,不看女人了。我们兄弟姐妹五个人,一到吃晚饭的时候就朝门外的马路边张望,没有你外公坐在那里喝酒,总觉得少了一件有意义的事。

"后来你外公对我们说,其实,他坐在那边,也看男人,有一次他看见一个十七八岁的小伙子,生得真是一表人才。好个少年。

但是男人看男人是不能喝彩的,只能心里赞叹。看女人就不同了,女人天生就像一样东西,要让别人评头论足。好女人喜欢别人说她好,好女人是上天造出来安慰世人的。

"不光男人喜欢看美女,女人也喜欢。平凡的女人看见美女,就好像看见了她今生的一个梦,隐隐约约地觉得自己来世该是这个样子的。看见美女,平凡的女人心里会一下子忙碌起来,因为她不知道,当了美女之后,她的生活是什么样子的。"

李不安说:"妈,我懂了。外公喜欢看美女,外婆不喜欢看。爸爸喜欢看美女,你也喜欢看。你们到青岛去,就是到'东方一片红'旅馆里去看一个美女,那个美女叫陶二三。她为什么叫这么奇怪的名字?你怎么没把这个问清楚?照我看来,她的名字不如小翠子的好听,她肯定也不如小翠子那么好。"

李不安说完话之后,就去找小翠子了。小翠子正在屋前的山芋地里扯山芋藤,扯了一堆,把它们抱到屋门口,拿了一把刀,耐心地把它们切碎。

"孙小翠子。"李不安说话了,"你什么时候才能跟我出去。"

孙小翠子说:"切好藤,喂猪……洗衣服……烧晚饭。"

李不安说:"那我来帮你一把。"

"不行。"小翠子坚决地说,"这个不是你做的,你是城里人。城里人一干活,手就糙了,就跟我们一样了。"

这天晚上,李不安在孙小翠子家里吃了晚饭,晚饭是光溜溜的玉米粥汤,粥汤里放山芋干。没有菜,孙小翠子到邻居家里去要了一点点酱,让李不安蘸着吃,吃完晚饭,孙小翠子刷洗锅碗,洗好锅碗,又洗自己的头发。孙小翠子的妈说:

"我们小翠子,一头头发长得多好,又黑又亮又顺。穷人长了一头好头发干啥用,长了也白长。就像这样老用烧碱洗头发,等到她出嫁那年,头发就全枯黄了。她要是有个好命,生在城里人家,洗头发全用肥皂,香香的,又养头发……说不定还能嫁给李不安。李不安,你说说,我们小翠好不好?你回家去拿块肥皂给她用吧。"

两个孩子面无表情地听完小翠母亲的唠叨,就一起走开了。月亮升起来了,但村庄里还是黑黝黝的,收获过的稻田里散发着余香。到处都是影子:房屋的、树的、草垛的。两个孩子严肃地走在村子里,好像在视察这些影子。后来,他们走到一大片空地前,一下子只剩下两个人的影子,空空高高的月亮下面,两个孩子互相看了一眼。他们的影子也互相看了一眼。

然后他们就回家了。

第四章

芦花还在飘着的时候,李梦安被三个穿着便衣的公安带走了。李梦安临走时,对朱雪琴说:"奇怪,我最近真的没有犯错误啊!想来想去,我在家里也没犯什么错误。"他那深受伤害的表情刺激了朱雪琴,她那值得依赖值得依靠的男人表现得虚弱不堪,像一尊阳光下的雪人。

她去找大队书记孙二爷。

孙二爷说:"县城出现了反动标语,不找他找谁?他最近连着出去了两趟,有作案的可能。"

朱雪琴说:"第二次我跟他一起去的。"

孙二爷很权威地判断:"你不可能写的。"

朱雪琴说:"为什么我就不可能写?"

孙二爷看着她嘿嘿地笑了起来,把朱雪琴笑得浑身发毛。她一扭头从孙二爷的房子里走出来,到门口,站在那儿,用她的家乡话毫无顾忌地大骂一通。孙二爷在她背后说:"哇啦哇啦地,我知道你是在骂我。天下乌鸦一般黑,城里女人跟乡下女人一个样,一碰到事情,不由分说地就变成了泼妇。"

朱雪琴停止了谩骂,孙二爷的声音立刻响了不少:"唉,失望啊失望!可怜我还天天动歪心思。"

朱雪琴回去后,对李不安说:"你夜里和我一起睡吧。"

几天过去了,朱雪琴该干什么还干什么,收了稻,收了豆,收了山芋和花生,家里没有什么事,朱雪琴想,反正空闲着,就让他在外面晃荡几天吧。当然他会吃苦,他吃苦也是活该,谁让他平时在家里耀武扬威,看他以后还敢不敢了。

椒盐排糕、五仁枣糕、花生香糕……朱雪琴突然想,我做那么多的糕干什么?糕,就是高兴,可是我心里一点都不高兴。非但不高兴,心里简直悲伤得很,因为李梦安出去半个月了,一点消息也没有,不知道他犯了什么法?大不了谋杀国家领导人,可国家领导人一个个都好好地活着。

朱雪琴放下她的菜谱,没头苍蝇一样地转悠了两天,忽然把家里的菜刀、水果刀、镰刀、砍柴刀……统统收集起来,恶狠狠地磨起刀来。

李不安不安地问:"妈,你磨刀干什么?"

朱雪琴幽幽地说:"放枕边头。"

"放枕边头干什么?"

"防身。"

李不安知道"防身"这个词和坏人有关,他走到门外一看,青天白日,太阳照满乾坤,哪来的坏人?"妈,没有坏人。"他告诉母亲。

朱雪琴对他说:"你父亲再不回来的话,坏人就要上门来了。"

李不安说:"坏人上门,还有儿子我呢。所以你磨一把刀就够了。"

朱雪琴说:"一把刀不够。坏人力气大,他夺下菜刀,我还有水果刀。夺下水果刀,还有镰刀。夺下镰刀,还有砍柴刀……这些刀不能放一个地方,枕头底下放一把,脚底下放一把,床头的柜子里放一把,床下面放一把……"

过了几天,日子还是一如既往地平静,没有人上门,更没有坏人上门。李不安睡在朱雪琴的脚后,有一把刀总是硌得他背疼。他问妈:"刀子不硌你吗?"朱雪琴无精打采地回答:"快了快了。"

这句话,李不安听不懂,不知道什么"快了"。他只看见他的母亲成天坐在床边发呆,有时候傻傻地咬着手指头。她过去的漂亮灵动模样不见了,她的勤快也不见了,她对日常生活精致的要求也没有了,她不做好吃好看的菜了。她守着她那几把刀,她的目标就是这些刀。但是刀们不知道目标。

寂寞的朱雪琴终于离开寂寞的刀,懒懒地站起来,对儿子说:"我还是要找孙二爷,只有他才知道你爸爸现在到底在哪里?到底什么时候才回来?上次我骂了他,我知道他不会记在心上,其实这个人还是不错的。"

隔了一会,朱雪琴就回来了。满屋子找她的菜谱。李不安说:"这么快就回来了?是不是爸爸有了好消息?"朱雪琴说:"我说孙二爷这个人其实还是不错的。他说你爸爸的事包在他身上,明天他就到县里去保你爸爸。县长是孙二爷的亲戚。他还跟我说笑话,说县长那个人,平时威风八面的,但一见了老婆吓得像老鼠见了猫。我问为什么,他叫我请他吃饭,他就告诉我。所以,妈今天晚上要请孙二爷吃饭。"

李不安问:"爸还在县城里?"

朱雪琴已经围上了那花边围身,高高兴兴地钻到厨房里去了。她一会儿指使李不安:"不安,把床底下的镰刀拿出来,去割一把韭菜给妈妈,妈要做个脆皮韭菜卷。"一会儿又指使李不安:"不安,把妈枕头底下的菜刀拿给我,我手里这把菜刀不好用呢,割鱼片老是割不匀。"水果刀拿到厨房里削梨用,因为朱雪琴要做豆沙梨饼。只剩下砍柴刀留在垫被下面。

孙二爷下午三点钟就来了,他看了一眼李不安,坐在靠门口的一只凳子上。李不安起身走了,他就站起身,坐到李梦安常坐的那只凳子上。但李不安又回过身来看看他,看得非常专注、有力。朱雪琴急忙走过来,插到两人中间,挡住李不安投向孙二爷的视线,对李不安说:"不安,去找小翠子玩吧。家里没你的事了。"

小翠子对李不安说:"我妈说,你妈怕是跟孙二爷那个了。"李不安问:"什么那个?""我不知道。"小翠子叹了一口气,"孙二奶吃了中饭以后,就在村里骂孙二爷。说他骗人家的女人,明明人家的男人解到北京的大牢里去了,他还说在县城里。"

李不安扔下小翠子,急急忙忙地回到家。他敲开门一看,孙二爷坐在他爸爸的位置上,喝得脸和脖子通红。孙二爷说:"来,小家伙,喝一杯。跟你孙二爷喝一杯。你孙二爷不仅要跟你喝一杯,还想劝你一句话:要上学。你看你爸爸多有学问。"

李不安转头去看他的妈:"妈,你问问他,爸爸到底在什么地方?"

朱雪琴脸上光彩照人。朱雪琴说:"不安,今晚你睡你床上吧。妈那床不是硌得你背疼吗?"

李不安一觉醒来,看见满屋的月光。屋子外面,一些小虫子起劲地唱着,青蛙偶尔大叫一声,让这个世界显得有些混乱。李不安想,现在是夜里几点钟了? 我左手和右手打赌——左手猜现在是十二点以前,右手猜现在是十二点以后。我说,左手和右手,你们两个不要吵了,我到我妈妈屋里去看看那只闹钟,闹钟说几点就是几点。左手猜准了,你就打右手两下。右手猜准了,你打左手两下。公平交易。

李不安赤着一双脚,"啪嗒啪嗒"地走去敲他妈妈的房门。他敲一下,没敲开,再敲一下,还是没敲开。他把耳朵贴到门上,听见里面有一些复杂的声音。他刹那间紧张起来,调动起所有经验,判断这些声音是怎么回事。但是他已经来不及判断了,声音就像滔天的洪水,带着他冲过了一扇陌生的闸门。他对自己说:"难怪听不见呢,里面的声音比外面响。"

他飞起一脚,踢在门上。门里立刻寂静如死。

他走到门外,光着脚有点冷。这个少年站在如水的月光底下,静静地孤独地哭了。今天夜里,他突然长大了,但是长大的一刹那,他也崩溃了。没有人知道他内心里这种隐秘的感受,也没有人能明白他被击垮到何种地步,他的"母亲"没有了,他赖以生活的最重要的内容突然消失无踪。

母亲!

第五章

李不安从此就不喜欢他的妈了,也不再想念他的爸爸。他变得呆呆的,村里的女人一个劲地夸奖他,因为他再也不给她们添乱了。

秋收结束,小学校又开始上课。小翠子也去上学了,她牵着她的弟弟,她弟弟牵着黄狗。她上课的时候,弟弟坐在教室后面的泥地上,狗坐在她的课桌底下。教室里的桌子有高有低,她那张桌子特别高,她写字的时候,下巴顶在了桌子上。她的班主任是校长孙大舅亲自兼任的。孙大舅大人不管这些鸡毛蒜皮,他毕生的目标和任务,就是把课文念得听上去有点像普通话。

"杀杀燕子五只枪。"

他就这么念"飒爽英姿五尺枪"。

于是同学们一齐认真地念:杀杀燕子五只枪。

在"杀燕子"的时候,小翠子的下巴顶在什么地方,他不管。上次,谁把一头小牛牵进了课堂,他也不问,只管一本正经地杀他的燕子。

上学的第一天,他教孩子们造句——"可怜"。小翠子在作业本上写道:

可怜的李不安。

孙大舅拿到小翠子的作业本,抑扬顿挫地念:"可——怜——的——李——不——安。"

他满怀感情地说:"孙小翠同学,在家里要干很多活,上课还带着弟弟,她还欠着上学期的学费,她身体还有病。但是她一点都不可怜自己,反而可怜别人。你们说,孙小翠同学身上,体现了什么精神?革命的乐观主义精神。李不安,他确实应该可怜,他十一岁了,还不念书,他连'李不安'这三个字都不会写,因为他拒绝学习。而且他爸爸又被公安局抓走了。他连'爸爸'这两个字都不会写,他是我们新中国的可怜的文盲。"

班上一个调皮的男孩接了一句:"而且孙二爷做他后爸。"

班级里一下子笑闹开了。孙小翠把桌子上一本书、一支铅笔装进书包,站起来就走,她生气了。她的弟弟急忙从地上爬起来跟着她,那只黄狗蹿起来急忙跟着她弟弟。

没走几步又成这个样子了:小翠子牵着她弟弟,她弟弟牵着大黄狗。

他们在一条干涸的河沟里看见了李不安,李不安摊开手脚躺在河沟里,他的身上爬着蚂蚁,一只灰色的蚂蚱在他身上跳来跳去。大黄狗第一个冲下河沟,舔舔李不安的脸,把李不安弄醒了,小翠子的弟弟第二个冲下河沟,把李不安用劲拉了起来。然后,小翠子也冲下去,把李不安从河沟里带上来。

小翠子的妈在远处的河滩上洗锄头和脚,她看见了小翠子和李不安牵着手从河沟里上来,就神往地说:"也许我们小翠子能嫁到李家去呢。"另一个洗锄头和脚的女人说:"罢了吧。他爸还不知道在什么地方,是死是活呢。再说你家小翠子大他一岁——索性大三岁也就罢了。女大三,抱金砖。大一岁算什么事呢?"小翠子的妈伶牙俐齿地回了一句:"大一岁,就是抱一筐金砖。你连这个也不懂?"

一言未了,所有洗锄头和脚的女人全都用鼻子哼了一声,然后她们笑起来。

小翠子和李不安听不见她们的话和笑声,他们自顾说着自己的话:

"你睡了多长时间了?"小翠子问。

"不知道?"

"中饭没吃吗?"

"没吃,好像早饭也没吃。是不是要吃晚饭了?奇怪,我不知道睡了多长时间了,肚子也不饿。"李不安说,"小翠子,你是不是急着回去喂猪,烧晚饭,洗衣服……"

小翠子说:"是啊。我妈说,我越大,活儿就越重。"

李不安说:"可怜的孙小翠。"

小翠子想说什么,一转身,又把话咽了回去。李不安看看她说:"你的样子有点古怪。你要是没话可说,我就要走了。真的,我有时候就想,你为什么是个女的,你要是个男的就好了。如果你是个男的,你就不必做那么多的家务。如果你是个男的,你就能跟我一起去打架。"

小翠子紧张了,"你想跟谁打架。"

"跟车站的张小明。昨天我走在路上,他骂我是孙二爷养的。我当时没敢下手,因为他妈妈在他边上。他妈妈下午跟着车到县城看他爸爸去了,家里就他和三个妹妹。我要找他算账去。"

张小明的爸爸在县城的汽车站里做事,平时不怎么回家,人家都说他爸爸在县城里有个相好的。这不,张小明的妈妈得空就朝县城里跑,对她的男人软硬兼施。是的,软硬兼施,这个词是朱雪琴说出来的,从此,这地方的人都会说张小明的妈软硬兼施,因此,张小明的妈做了朱雪琴的对头。女人和女人,原本就喜欢做对头,因为女人天性里喜欢戏剧化的东西。张小明的妈和朱雪琴这两个女人,命中注定就是要做对头的,只是一直没有光辉灿烂的理由。这下好,"软硬兼施",由朱雪琴挑起的由头十分精彩。

再说张小明的妈,这也是个厉害角色。她也不是本地人,张小明的爸爸出了一趟差,就莫名其妙地带了这个女人回来了。这个女人好像是石头里蹦出来的,从来不曾见过她的亲戚上门。他把这个女人扔在了乡下的老家,让这个女人一个连一个地生了四个小孩。生到第三个小孩时,她就不再是个美貌女人了。她变胖了,胖脸上黄黄的,黄黄的胖脸上长出了横肉,看上去富态而骄悍。生到第四个小孩时,她去拔掉了两只门牙,装上了两只亮闪闪的大金牙。大金牙比原来的门牙略大一些,使得她总是张开上嘴唇。她胖,厉害,再加上亮闪闪的大金牙,再加上她拿县城车站的补贴——她家门口就是一个车站,每当汽车停靠下来,她就拿了汽车钥匙去开门,让下车的人下来,让上车的人上去……凡此种种,都证明一个事实:朱雪琴没来的时候,她是这里数一数二的女人。

她听到"软硬兼施"这四个字后,就到朱雪琴家里去。朱雪琴一看她的脸色,就识趣地走到厨房里坐着,不去招惹她。她搬了朱雪琴家里的一条凳子,坐在屋外,跷起腿,慢慢地抽香烟。这是吃晚饭的时候,人渐渐地拢过来,准备看一场恶战。

恶战开始了。张小明的妈扔掉烟头,从凳子上蹦起来,一只手指头刚指向厨房时,朱雪琴就从厨房里悠闲地出来了,手里满满端着一盆水,呼的一声把张小明的妈浇个透湿。

两个女人扯着头发打起来了。旁边人一哄而上,拉开她们。"有话好好说嘛。"人家这么劝她们,"要文斗不要武斗嘛。毛主席的话你们听不听了?"

两个女人被人扯着,坐在一条木凳子的两端,她们互相打量了一眼,突然之间,同时用家乡土话骂起对方来。

女人之间的诋毁大致是从性上面打开缺口。两个女人都用土语骂脏话,还夹杂着大量的典故。可惜围观者听不懂,若懂,一定会心惊肉跳的。

朱雪琴自小在小街小巷里长大,对于骂人的招数耳熟能详,加上她天资聪明,能发扬光大。她骂人频率极快,却能让声音显得柔媚动听。光是这一点,她已胜过张小明的妈。骂到后来,她开始骂张小明的妈本身就是一个车站,每天总有许多人上上下下。她觉得这个比喻有点意思,忍不止就笑了起来,笑了两声,又开始重复这层意思,还没重复完,又笑了起来。她笑起来的样子十分动人,于是围观者跟着笑了起来。

于是,张小明的妈就输了这一局。她站起来,拉下一脸横肉,气势逼人地离开战场。

这就是朱雪琴和张小明的妈结下的冤仇。

有一天,张小明的妈带着张小明从家里走上公路,恰巧碰上了四处游荡的李不安。"小明,李不安是不是孙二爷养的?"她一边掏出汽车钥匙准备开门,一边暗示张小明。于是张小明追上李不安,拍拍他的肩膀,吊儿郎当地说:"你是二爷养的。是不是?"

李不安看看张小明的妈,说:"好男不跟女斗。"就走了。看着李不安的背影,张小明的妈拍拍大腿,不高兴地说:"她凭什么就跟孙二爷好上了?"

　　李不安看见张小明叼着他爸爸的香烟,戴着一顶黄军帽,挎着他妈妈的帆布包,一只手在包里摸索,另一只手拿着汽车钥匙,神气活现地打开汽车门,喊着:"下车的人,给我看票!"他顺手一把捞住一个上车的人:"票检过没有?"那人说:"张小明,你刚才看过。你忘了?我姓徐,住在灌溉渠东面的红旗村。"张小明说:"你姓徐怎么了?你又不姓毛。有本事你姓毛,你一嘴的毛,我看你就叫毛大嘴……拿出来看看。"那人说:"张小明,你才十四岁,就这么狠。到了四十岁,你该狠成什么样子了。"骂骂咧咧地补了一张票,上车去了。

　　李不安脱下一只鞋抓在手里,走到张小明身后。张小明站在公路边上,迷醉地看着长途汽车的背影。李不安在他脑后喊一声:"张小明。"张小明乖乖地转过脸来,李不安抡起鞋,"啪"地打在他左脸上,他看见张小明的左脸立刻变得红润无比,长着半边红脸半边白脸的张小明显得十分古怪。

　　张小明"哎呀"叫了一声,扔下香烟,捂着脸,飞快地蹦下公路,跑到坡下面去了。坡下有一条干净的河,他家就在河边。跑到半路上,他的军帽掉了。他转身去捡,眼角里瞥到李不安的影子跟上来了,他顾不上他的帽子,如惊弓之鸟,逃进屋里,关上门,倚在门上喘粗气。张小明有三个脸蛋白白的妹妹,都像他妈妈一样善骂,立刻像炸了马蜂窝似的聚到门前,扒着门缝开始谩骂。

"我操你家祖宗十八代。"一个女孩子骂道。

"你家明天就死绝了人一个都不剩。"另一个女孩子骂道。

"你喝水噎死吃饭憋死走在路上被雷劈死。死了以后狗都不吃。"第三个女孩子骂。

张小明的妹妹,大的叫小燕,二的叫小雁,小的叫小娟,全是学校的"三好生"。朱雪琴曾经这样夸奖过她们:"这三个孩子啊,放在一起骂人,能把天都骂黑了。"

李不安捡起军帽戴在头上,在张小明家的门口转了一圈,回过身到公路上,找到张小明扔下的香烟头,吸了两口,把香烟吸着了。现在李不安叼着烟戴着黄军帽,大摇大摆地晃到张小明家门口,在地上捡了一张纸,用香烟把纸点燃,纸"呼啦"一下就烧尽了。李不安又找了一张纸,再用香烟点着,纸"呼啦"一下又烧尽了。看着李不安脚下两堆黑黑的灰烬,张家最小的女儿带着骂腔说:"妈妈今天晚上不回来。"

张小明认真地说:"只有最后一条计了——麻痹敌人,瓦解敌人的意志。你们三个,快去烧饭。"

他打开门,冲着李不安张开手臂笑着说:"欢迎你到我家来。我们和好吧。我家有酒有菜,何不进来喝一场?"

李不安朝上拉拉袖口,也张开了手臂凑过去。靠近的时候,两个孩子一起放下手臂,抬起一只手,在空中狠狠地握了一把,算是和好了。

三个美丽而善骂人的女孩子,此刻已高高兴兴地忙成了一团。大的在锅上忙,二的负责洗菜,最小的做火头军师。张小明和李不安坐在饭桌边上,勾肩搭背地说着话。他们说得那么投机,以至于大姑娘不得不命令二姑娘去看看什么情况。

二姑娘回来说:"他们说弹弓、偷瓜、打人、爬树、上屋顶、小翠子。"

大姑娘不高兴地说:"还说是麻痹敌人呢,这像是麻痹敌人吗?小翠子?是不是上课老带着弟弟的小翠子?她欠了两个学期的学费了。她快要休学了,因为她交不起学费,因为她还得了先天性心脏病。"

二姑娘撅起嘴巴不屑地说:"那她有什么好?李不安瞎了眼睛了。李不安娶了她以后会倒霉的。"

小姑娘在灶间插了一句:"小雁子想嫁给李不安。小雁子想出门了。"她的脸被柴火烤得红红的。

二姑娘举起手里的擀面杖敲敲小的脑袋,小的头一缩,缩回灶间,暗暗地吐吐舌头。

关上门,五个孩子团团坐好,桌子上摆着菜、饭、汤、筷子、勺子。张小明拿了他爸爸的酒和香烟放在桌子上,二姑娘张罗着去拿喝酒的杯子,大姑娘拉下脸,阻止:"雁子。"张小明喝道:"闭嘴。这里没有你说话的份。你们三个多吃饭,少吃菜,少说话。"小姑娘脆生生地回说:"我不吃菜,我也不吃饭,饿死了算了。"张小明拍拍桌子,说:"真能饿死倒也罢了,省心。"

张小明和李不安这就一杯一杯地喝上了。喝了几杯,李不安放下杯子,大着舌头说:"我不能喝了,我的脑袋在肩膀上直转。"张小明说:"我的脑袋也转。"李不安问:"你朝左边转还是右边转?"张小明说:"右边。"李不安说:"我也是右边。"想了一想,又说:"都是右边……我们两个结拜吧。"张小明说:"好……好。"

两个孩子从凳子上滑到地上,扶着桌子,脸对脸地磕了一个头。

二姑娘说:"像结婚似的。"

小的指着二姑娘说:"瞧瞧,我没说错吧?她是老想着嫁人,三句话不离本行。"

二姑娘说:"我才不想哩……小心我撕你的嘴。"

张小明从地上站起来,指着三个妹妹说:"我看你们三个早点嫁出去也好,你们三个多在家里一天,就是多吃我一天的饭。现在,我替你们找了一门好亲事,你们自己说,谁嫁给我兄弟李不安?快说,我让你们毛遂自荐。"

三个女孩子你看看我,我看看你,都不吭声。

张小明说:"看什么?反正要嫁人的。不安好兄弟,你别客气,只管挑。"

李不安努力睁开大眼睛,从大姑娘的脸看到二姑娘的脸,再从二姑娘的脸看到三姑娘的脸。这三张脸都是白净的,腮上泛着桃花一样的粉红,长着几乎一模一样的蛾眉和小嘴。她们的头发乌黑,发出蓝幽幽的清冷的光。她们的眸子和头发一样,乌黑而清冷,像冬天的月亮,明亮的地方清冷,幽暗的地方乌黑。

李不安摇摇头,说:"我的脑袋朝左边转了。"

张小明沮丧地说:"你们三个快说,到底谁想嫁给他。快说……我的脑袋一会儿朝右边转,一会儿朝左边转。"

三个女孩子还是不吭声。

张小明说:"不说?我把你们三个统统嫁给他。"

第六章

孩子们说到好人和坏人。

谁是坏人？黄世仁、南霸天、美国鬼子、日本鬼子、孔老二……

谁是好人？解放军、工人、农民、全世界无产者……天下最好的人是妈妈。

三姑娘趁人不注意，偷偷地把盘子里最后两粒花生吃掉了。二姑娘把筷子倒过一头，狠狠地敲她的头，嘴里说："叫你吃，叫你吃。大姑娘一个，馋得像猫，谁人家要你？"

三姑娘低着脑袋，听见二姑娘的咒语，呜地哭了起来，把头顶在桌子边上，两只手捂住两边露出来的脸蛋。

大姑娘慢悠悠地下结论："罢了吧。吃掉就吃掉了吧……你少吃两粒不行吗？大的要让小的……你看我跟你们抢东西吃吗？妈在家的时候，不要说两粒花生米——杀了鸡，一只鸡腿就是她的。"

二姑娘的脸涨得通红,忿忿辩解道:"杀了鸡,一只鸡腿是她的,另一只鸡腿就是我的。"

三姑娘抬起被眼泪和汗水浸洇得水淋淋的脸,说:"大姐也吃过鸡腿。我看见妈那天把鸡腿放到她碗里。"

张小明插了一句:"我也爱吃鸡腿。两只鸡腿一眨眼的工夫就下肚了,哪有你们吃的份?我问你们,你们哪来的鸡腿吃了?所有的鸡腿都是我张小明一个人独吞的。"

李不安说:"你们家杀的鸡,应该长五只腿,一人一只,平均分配。"

二姑娘说:"妈从来不吃鸡腿。妈就是客气,给她吃,她从来不吃,不是给这个吃,就是给那个吃。所以,我们家杀的鸡,长四条腿就够了,我们四个人,平均一人一只腿。"

张小明指着三姑娘说:"妈老早就说过,我们家你最厉害。所以妈早就给你看下了一门亲事,就是孙二爷家的小三子。小三子你见过吧?没见过?我见过。有一次,我到孙二爷家屋后去摘桑树子,他家那棵桑树你是看见过的。我趴在后窗户一瞧,孙大舅坐在炕上,教小三子念:杀杀燕子五只枪。小三子在炕上爬来爬去,嘴里咕哩咕罗地吐水泡泡,还把鼻涕蹭在孙大舅的衣服上。"

三姑娘紧张得把一只手放到胸口上,"他是不是个瘫子?人家说他能走路的。他真是个瘫子?"她问。

张小明说:"他是个瘫子、傻子、疯子、花痴。他喜欢生吃鸡腿,不等鸡烧熟了,就咯嘣咯嘣地把鸡腿生吃掉了。他跟你洞房花烛夜,一摸摸到你的大腿,以为是鸡腿,拿起来就啃。一口咬下去,妈呀……这是你在叫呢。"

二姑娘拿起一个碗,朝地上一砸,碗碎了。她站起来走了。三姑娘睡眼惺忪地绕过碎碗,朝她的木床进军,走到一大半,她闭上了眼睛,双膝一软跪在地上,爬了几步,拽住床沿爬上去,脑袋一碰到枕头,喉咙里就发出了鼾声。

大姑娘正襟危坐,到了现在,她也不知道该做些什么好,该说些什么好。她的脑袋开始发胀,她皱起眉头,想了半天,老气横秋地发出一叹:"孙大舅这个人哪……唉!"

大姑娘也走了。

剩下李不安和张小明。

李不安伸伸腰,轻松地说:"她们一走,我的头就不晕了。我刚才总在担心她们会打起来,她们不如小翠子那么安静。我说话的时候,小翠子总是静静地听着。"

两个人呆坐了一会儿,张小明说:"李不安,这飞马牌香烟是我爸的,不如我们一个人一支,吸吸看。你长大以后总要吸烟的,不如现在就吸吸看。"

两个人在油灯下点着了香烟,李不安生疏地拿着,学着张小明的样子,像模像样地吸了起来。

突然,油灯熄了。张小明说:"我不知道油放在什么地方了,家里的东西我从来不知道放在什么地方……大丫头、二丫头,你们睡死过去了。"

李不安说:"我们不用灯了,我们为什么不到外面去呢?我想出一个好主意——我要烧孙二爷的屋子。我一直想烧他的屋子。你是我的兄弟了,你跟着我,壮壮我的胆。"

洁净的月夜,李不安和张小明走在一条通向孙二爷家里的土路上。空气中略有露水湿濡濡的滋味,路两边的青草已经长到极限,空旷的月光底下,大地因为收获殆尽而有荒凉之感。

李不安拿着张小明家里的火柴,从左手抛到右手,对自己说:"露水不重,点得着。"隔了一会儿,又说:"露水重,也点得着。把草堆肚子里的掏到外面烧。不过,烧着烧着火就会小了。"

停下来,对张小明说:"你还是走吧。我一个人去。我准备把孙二爷烧死,你知道,这要坐牢的。"

张小明说:"张小明什么事不敢做?"吼了一声,拍拍胸。

这就到了孙二爷家门口,场院里堆着高高的两垛草。两个人还没靠近草堆,孙二爷家里养的狗就开始猛吠起来,然后,临近的狗们一齐呼应。张小明伸出一只手摊开来给狗看:"乖。你看我带什么东西给你吃了?"

狗猛地向张小明扑过来,张小明大叫一声,向来的路上狂奔而去。李不安晃荡着来到草堆前,数出六根火柴,一齐把它们划着了扔到草堆上。就在这时,孙二爷家的门"吱"地一声开了,孙二爷披着褂子走出来,一面打着哈欠,对李不安说:"还不快走?凭你这几根火柴就能烧死我?"

李不安说:"为什么烧不死?你不出来试试看?"

李不安对孙二爷的话百思不得其解。凭你这几根火柴就能烧死我?为什么不能,六根火柴呢。小虫子家遭火烧过,不是凭着灶膛里溅出来的一个火星子?孙二爷当过兵,也许他在部队里练出特殊的本事,睡着了也能知道外面的情况。

小翠子在河滩上洗衣服,小虫子蹲在岸上,不停地把泥块抛到河里去。河水有时候溅到小翠子的身上,小翠子不吭声。后来,走来了小黑子和小强,他们觉得这个游戏很有意思,就搬来了一大堆泥块放在岸上,然后,蹲在小虫子的边上,一下一下地朝河里扔。河水经常溅到小翠子的身上,小翠子不吭声,匆匆忙忙地洗衣服。

突然李不安出现在岸上,惹事的三个男孩一齐说:"不玩了。玩够了。"三个人撒腿就跑远了。

小翠子直起腰板,迎着李不安,敬佩地说:"你真有本事。他们一看见你的影子就溜掉了。"

李不安眼珠一转,开始吹牛:"我会巫术。我从小就会巫术。

譬如我要一个人生病,就对着他的背影说,你生病吧。他明天就起不了床。我要是不喜欢一个人,就在心里说,你滚吧。这个人情不自禁地就走开,连他自己也不知道是为什么,腿好像不是长在他身上似的。"

小翠子咯咯地笑着说:"我不相信。你让我相信。"

李不安犹豫了一下,决定继续吹牛吹下去。

"……我要是想上天,就念一个咒语,两手拽着房子上的草,上了屋顶。手一招,招过来一片云。脚一抬,就飞到云上面去了。云带着我四处飘。"

小翠子问:"你这么大的本事?"又咯咯地笑了。她的牙齿很白。笑过后,她又说:"你这么大的本事可以不用当兵了。"

李不安想到孙二爷,就说:"谁说我不用当兵了?我想当兵,我还要当军官。等我回乡的时候,我就带着我的勤务兵,让勤务兵去把孙二爷找来。我叫孙二爷转过身去,他乖乖地转过身,不敢反抗。我从腰里拨出小手枪,对着他的后脑勺,'啪'地一下,再'啪'地一下,他就完蛋上西天见日本鬼子了——他不肯见日本鬼子,去见阎王爷也行。"

小翠子想象了一下,害怕得浑身一抖。

"但是我现在还小,不能当兵,也不能当军官。"李不安提高了声音,"但是我一定要找孙二爷家的——麻烦。昨天我烧了他家的草堆。你去告诉别人,让别人再去告诉别人,李不安烧了孙二爷家的草堆,我以后还要烧掉他家的房子,烧掉他家的猪圈。但是……"

　　小翠子洗好衣服回家,第一个碰见的是她的姐姐。她告诉姐姐:"李不安昨晚烧了孙二爷家的草堆。"姐姐瞪了她一眼:"声音小点,被别人听见了不好。"姐妹俩的妈妈走过来问:"谁烧了孙二爷家里的草堆?"小翠子说:"李不安。他说还要烧孙二爷家的屋子和猪圈,麻烦你去告诉别人。"小翠子的妈妈二话不说,放下手里的活,拍拍衣服就出去了,她碰到的第一个人是孙三嫂。"三嫂,不得了啦,你听说没有,孙二爷的草堆昨晚被人烧了。"她咋咋呼呼地叫起来。孙三嫂马上停下来,"我的天啊!我怎么没听说?谁烧的?"孙三嫂问。小翠子的妈说:"李家的小孩。"孙三嫂明白地点点头:"哦哦。"

　　孙三嫂一边走一边幸灾乐祸地想:儿子替老子报仇呢。这个小孩真做得出来,孙二奶麻烦了。

　　孙二奶马上听说了村里的流言,拿起给孙二爷纳的鞋底,到孙大舅的家里去,孙大舅的屋里总有一些女人找舅妈商量事儿。孙二奶坐下,一边纳鞋底一边说:"谁说我家的草堆被烧了,你们去看看,好着呢。谁家没有草堆?说不定我家的草堆没烧着,别人家的草堆莫名其妙地烧着了。凡事说不准,预防为好。"

孙二奶在村里又走了一圈,回到家,安顿好床上的小三子,换了一身新衣服,找出一根结实的麻绳,就在她和孙二爷的床前上了吊。上吊的过程对这个女人来说十分简单:在房梁上系好绳,一头勒在脖子里,蹬掉脚下的凳子。心无旁骛,干脆简洁。她和孙二爷一共生了六个孩子,除了炕上的小三子不会下地走路,别的个个活蹦乱跳。但是,不会下地走路的小三子喉咙特别响,他要是发声一喊,半个村子都能听到,人家都说这是吃得好的缘故。

小三子开始叫了:

"老大。"

叫了一声,接着叫:

"老二。"

一个一个地叫下去,决不多喊一声,因为他叫一声,老大老二老四老五就听见了,一个个地跑回来。小三子爬在炕上,撅着屁股,一只手指着里屋,惊天动地地喊一声:"上吊。"

于是,老大老二老四老五,找镰刀的找镰刀,找人的找人,哭喊的哭喊。掇弄了半天,孙二奶一口气回上来,一看孙二爷不在,转身奔出屋子,这个女人奔跑的样子一点不像刚刚上过吊,像刚喝完一大碗热气腾腾的人参汤。是的,人参汤太热了,热得她浑身发热发燥,她只好一头扑进了河里凉快凉快。

孙二爷就在这时出现了,出现在小桥上。他看见自己的女人在河里扑腾,几个人拖都拖不上来。就喝道:"你们都松开手,让她死。"

寻死觅活的女人从河里站起来,水淋淋的,头发和衣服都贴在身上。她愣了,而后,她一边往岸上走,一边哇哇地哭出声来。走到岸上,她的双腿软得不行,就势往地上一坐,朝桥上的孙二爷喊道:"今天烧草堆,明天就要烧房子啦。没了房子,我只好带着一大堆小畜生回娘家,想一想都觉得没脸,还不如死了算了。"

孙二爷说:"你给我回去,换换衣服,淘米洗菜,烧晚饭。"

孙二奶看见他男人从地上捡起一根棍子,把手背在腰后面,晃晃悠悠地走了。她伸长头颈,张着嘴,看着孙二爷渐行渐远,直至看不见,才屁股一抬从地上爬起来,对老大老二老四老五说:"愣站着干啥,没看见你爹拿了棍子到李家去了?他这一去,够那个骚女人受的。我就怕那棍子不结实,打两下就断了。"

老大问:"打谁?"

孙二奶咬牙切齿地说:"打谁?打那坏小子。那女人肯定会上来拉,你爹肯定会顺带着打她几下。老五,你悄悄地跟过去看看,回来把看见的跟妈讲。老四,你赶紧回去,小三子要撒尿了——他一用劲喊就要尿急,说不定已经尿在床上了。老大,你来扶我一把,让我站起来。狗日的,浑身软得像刚干完一场事。"

李家冷冷清清的,像一座空宅子。孙二爷走到客厅里的桌子边坐下,把棍子啪地放在桌子上,俨然是这宅子的男主人,今天要教训他的儿子了。

李不安两只手插在裤子口袋里,吊儿郎当地出现在孙二爷的面前,一脸大事化小小事化了的样子。孙二爷心里一着急,又一阵惶恐,手和脚一阵发麻。他发现自己十分虚弱,底气不足。他本来想好了许多说词要说给这个少年听,说到生气的当口,就抽出棍子在这少年身上打两下。打了以后,再说,一直说到少年心服口服为止。他对自己这一点是有信心的,他孙二爷,可是走南闯北的人。但是他一看见李不安若无其事的脸,马上就把所有的说词忘了,更提不起棍子。于是,他谨慎地在熟悉的词汇中寻找有用的词。

他说:"李不安。你去烧我家的草堆,没烧成,是人民内部矛盾。若烧成了,连累了房子和人,就是敌我矛盾了。毛主席教导我们说,落后就要挨打。这句话就是说,你不要以为是人民内部矛盾就没事了,人民内部矛盾里,落后分子就要挨打,你懂不懂?"

李不安看着孙二爷和他的棍子,若有若无地摇摇头。

这个摇头的动作给孙二爷及时地看见了。现在,该是孙二爷采取行动的时候了。孙二爷想,他不能提起棍子走近这少年,距离越近,危险就越大,这个少年冷漠地看着他,两只手插在口袋里。他估计那两只手握着拳的。

孙二爷的棍子飞了出去,落在李不安的身上。李不安头一个反应是:嘻,不疼！不疼！第二个反应是涨红了脸。

他想,孙二爷该是他生活中最大的敌人了,这个人把他赖以生存的基础摧毁了。他直视孙二爷,唱起来:

"大刀向鬼子们的头上砍去……"

他一遍一遍地唱,一遍一遍用大刀向孙二爷的头上砍去,直砍得孙二爷鲜血淋漓,眼见得活不成了……公安来捉拿他归案,他抓住房子上的草,双腿一蹬,上了屋顶,手一招,招来一片白云。云自动垫到他的屁股底下,把他带到天上去……接下来他参了军,立功,当了军官,带着勤务兵回乡,腰里别着小手枪。他的爸妈在村口接他。不,他不回家,他先去看看孙二爷,因为孙二爷并没死。他叫孙二爷转过身去,孙二爷不敢不转,他对着孙二爷的后脑勺开了一枪。"啪!"这下子,孙二爷彻底完蛋了。

……孙二爷从桌子边站起来,说:

"罢了,罢了……"

他走了。

朱雪琴躺在厨房里,对孙二爷和儿子之间发生的一幕恍若未闻。

李不安到厨房去找母亲,他觉得今天十分开心,需要吩咐一点什么。这一点,他和他爸李梦安一个模样。

"妈,我想吃块蒸蛋糕。"他说。

朱雪琴懒懒地走过去倚在门上,懒懒地回答:

"我没空。"

李不安说:"我嘴巴馋哩。"

朱雪琴说:"你到隔壁吴半瞎子的酱缸里捞点酱吃吃。"

李不安说:"孙二爷刚才用棍子砸了我一下,砸在我的心口上,隐隐地痛哩。"

朱雪琴皱紧眉头,想了半天,说:"去捞点酱吃吃,就好了。"说了以后,她也被自己的话迷惑了,她想:为什么胸口疼去捞点酱吃吃就好了呢?

李不安哭了,他转过身,偷偷地把眼泪擦在袖口上。一会儿他的鼻子开始作痒,眼泪引来了鼻涕,就像气味引来了苍蝇。他心中开始烦躁,因为他既要想办法处理眼泪,又要想办法处理崩溃的鼻涕。

朱雪琴看了儿子一眼,这几天她的思绪总是飘得很远,思绪一旦飘远了就不容易收回。

她眼睛看着儿子,思绪却在一个陌生的地方飘荡。这个哭泣的少年是谁?是儿子。他老站在这个地方干什么?他说他心口隐隐地痛。

"去捞点酱吃吃,就好了。"她说。

第七章

李家西隔壁的吴半瞎子，勤俭持家，可惜他的老婆奇懒无比，懒得连鞋子都懒得提，长年累月地趿拉着鞋。村里人都说，吴半瞎子要不是这个懒婆娘，一定会是这里的财主。这句话，他的懒老婆也经常挂在嘴边，吴半瞎子一揍她，她就哇哇叫着说："吴半瞎子，要不是我，你早成财主了，早被民兵批斗死了。"所以吴半瞎子对这个救命恩人总是爱怨交加。

他得的是青光眼，先瞎了一只，医生说另一只也会瞎的。他种了十几棵梨树，孙二爷叫人拔掉了，因为自留地里除了粮食是不允许种别的东西的。这一来，他就断了外快了。好在李梦安和朱雪琴及时地做了他的邻居。李梦安在小学校当教师，朱雪琴从来不爱下地干活，他们一家的自留地就让吴半瞎子私下负责了，每当秋收过后，朱雪琴会给吴半瞎子一笆斗麦子，一笆斗米，另加五块人民币。吴半瞎子没当成财主，李梦安和朱雪琴倒是一副财主的样子。

除了爱财,吴半瞎子还爱《毛泽东选集》。他经常到李家来,把这本书恭恭敬敬地放在桌子上,偏身坐在那儿,翻开来,远远地看着,样子就像一只猫看着一盘禁吃的食物,虔诚、恭敬、心痒难忍、馋涎欲滴。

他不识字。

他勤俭,喜欢适时地做酱,他的酱缸远近闻名。人家说,他的酱缸里丢块石子进去也会鲜得好吃的。

吴半瞎子西隔壁住着孙支前,他母亲曾经是解放前的妇救会员。孙支前生了八个女孩,还没生到儿子,他就对他母亲说:

"妈,不生了吧?生了八个,再生下去,被人笑话,难为情呢。"

老妇救会员生气地反驳儿子:"我们喜欢生小孩,谁管得着?已经生了八个了,再生几个又何妨?也许下一个就是儿子。你妈枪林弹雨都不怕,还怕难为情?"

孙支前生的八个丫头,个个是黑里俏。八个丫头鱼贯从草房子里走出来时,活像一队黑鱼精。大丫头、二丫头、三丫头出嫁时,都因为皮肤太黑而被人说三道四。逢到四丫头出嫁前,已为人妇的前三个丫头逼着她穿了一个夏天的棉袄,不让她出门,出门时头脸也蒙得严严实实的。秋天她出嫁时,脸上遮了一块红布,到婆家,揭开盖头,婆婆一看,忍不住说了一句:"如此黄胖,还不如黑的好。"这句话一时流行。

五丫头也要出嫁了,她妈对她说:"大太阳底下,戴顶草帽遮遮。"五丫头就没好气地顶嘴:"如此黄胖,还不如黑的好。"

孙支前的西隔壁住着安徽过来的一对老夫妻,男人姓董。带着一个闺女,闺女有个妖里妖气的名字:董丽娜。董丽娜长到二十岁那年还没有合适的人家出嫁,二十一岁,她家突然闹起鬼来了,门户紧闭,再不见董丽娜的踪影。老董说,他的女儿被狐仙附上身了,他必须想个办法把狐狸赶走。

村里的女人互相打听:你看老董的闺女几个月了?后来,就这样问:"你看老董家的闺女还有几个月?"董丽娜长得一点不像她的名字,滚圆的大黄脸,宽而胖的身架子,头发燥黄,嘴唇上老在蜕皮,所以她动不动就要咬自己的嘴唇,把翘起来的干皮咬掉。

董丽娜生孩子那天,老董在屋子西边靠河的地方搭了一个草棚,让她在里面生孩子。这是当地的习俗,生私子的女人理应受此惩罚。许多男人都在河对面的岸上坐着,看她生孩子的全过程。董丽娜咬嘴唇,用力屏气,怎么也生不下来。接生婆对她说:"我看你是害羞,那么多的男人看着,要是我,也生不下来的。"董丽娜突然转过头向着河那边,大叫:"你们看什么?你妈不生小孩吗?"一叫,小孩生下来了。接生婆抱着小孩,说:"是个男孩……你跟我说说,这孩子的爸是谁?我保证不告诉任何人。"

董丽娜说:"是你爹。"

李家的邻居就是这三家。

河对岸又是一个小庄子,小翠子的家住在那儿。

从李家向东走,是公路。公路边住着张小明一家。从张小明家朝南走,就走到孙大舅、孙二爷他们那儿了。

第八章

　　李不安真的到吴半瞎子的酱缸里捞了一碗面酱,吃了一天,他就不想吃了。这面酱招苍蝇,一放在桌子上,苍蝇就闻风而来。而且,他吃着面酱的时候,心口真的隐隐作痛了。

　　他皱紧眉头,朱雪琴没看见;他捶捶胸,然后咳咳咳地咳嗽一阵,朱雪琴没听见。朱雪琴这两天一直朝外面跑,李不安看着她的神色一天比一天舒展,就像一片晒脱水的叶子逢了大雨。李不安对门口觅食的老麻雀说:"你看着吧,我爸爸有好消息来了。你信不信?我跟你打赌,赌什么?我赢了,我爸爸就回来了。你赢了,你就吃饱喝足地再活十年。"

　　果然,朱雪琴对李不安说:"不安,妈那本菜谱呢?你看见我放在了什么地方?不安,爸爸要回来了。他回来以后,我要给他做他从未吃过的好东西,我们就像以前一样过日子——像以前一样好好过日子。"

　　过了几天,孙二爷托孙大舅通知朱雪琴,说孙二爷到县城去看过李梦安了,他的问题基本清楚了,反动标语不是他写的,肯定不是他写的,因为反动标语里老是出现错别字,语法也不大通。像李梦安这么个人物,大学里的中文教授,是不会犯这种低级错误的。但是他不能马上回来,为什么? 不知道。反正叫你多待多少天,你就得多待多少天……亲朋好友可以去探望。

孙大舅说完上述这番话,很滋润地对朱雪琴说:"我要去看看他,我是他的领导,理所当然地要去看看他。反正我也闲着没事。"

于是朱雪琴就和孙大舅结伴到县城去。两个人到车站上,张小明的妈喜笑颜开地招呼他们:"两位到哪里去呀?"

孙大舅回答:"打两张到县城去的车票。"

"两位到县城去看电影呀?"

"看李老师。"

张小明的妈一个失惊:"呀! 怎么是你老人家陪着去呀? 怎么不是孙二爷陪着去呀?"

朱雪琴说:"本来孙二爷要陪我去的,后来孙二爷又不肯了。他说张小明的妈那张嘴毒得很,没事也要造几个谣,我可不敢。就让大舅陪你去吧,让她造大舅的谣,大舅妈可不是好惹的……孙二爷就是这么讲的。"

到了县城,孙大舅说:"我有点事。你先去看你男人吧。你男人坐了许多天冤枉牢,心情肯定不顺畅。他要骂你,你就听着;他要打你,你就受着。"朱雪琴低声说:"大舅,我懂!只要他能回来,我还有什么道理计较他?"孙大舅意味深长地剜了朱雪琴一眼。

朱雪琴到街上买了水果罐头、饼干、卤肉,走到县看守所时,一只野鸽子扑棱棱地从墙上飞起,她心中一痛,一酸,有一些遥远而温馨的记忆被勾起了,清晰得就像昨天刚发生过一样。

李梦安看见他女人的第一句话是:"孙二爷来过了。"

朱雪琴把水果罐头、饼干、卤肉从布袋里掏出来。李梦安说:"你不用拿出来,这些东西等会儿要没收的。"朱雪琴说:"你又不是犯人。"李梦安说:"是啊是啊。谢天谢地,感谢毛主席共产党,在他们的英明领导下,终于澄清了事实,不冤枉一个好人。"偷偷地在桌子底下踩踩他女人的脚,说:"我想你烧的菜。"

李梦安没骂他的女人,也没打他的女人。他连说话的声音都是轻轻的细细的,神情中鬼鬼祟祟的,是以前没有过的样子。

分手的时候,李梦安问:"牙膏牙刷呢?"朱雪琴也问:"什么牙膏牙刷?"李梦安说:"我没有牙膏牙刷。连毛巾也没有。我用我的一只袜子当毛巾,我用手指头当牙刷。我进来审查一个月,没有正式刷过一次牙。你看,我的牙又肿又臭,得了牙周炎。我们这里的领导说,我在审查期间,不能与外界有丝毫接触。现在,我的问题澄清了,可以让家人送一些生活必需品。"

朱雪琴问:"你托谁和我说了?"

李梦安问:"孙二爷没和你说吗?"

朱雪琴说:"可能他忘了。"

李梦安说:"我写了一张纸条让他带给你了。"

"纸上面写了什么?"

"我想你,我爱你,我要你。赶快给我送牙膏牙刷毛巾。"

朱雪琴看了李梦安回来,已是吃晚饭的时候。天已黑尽了,刮的风有些凉了。在这种夜晚,你能听得见寒冬隐隐约约走来的脚步声。过不了多久,寒风就会把地皮冻得裂开口子,让大地像一只碎了的瓷碗。

她的客堂里坐满了人,都是她的邻居,他们是来道喜的。朱雪琴心头一热,开口就说:"乡亲们……"她说话的腔调有点像在演戏,她是心里高兴,也是不甘示弱。李梦安回来以后,他们会像从前一样,一个看着菜谱烧菜,一个看毛线编结书里的美女,这是一幅寻常的寻乐图景,但是经过了劫难,就变得不寻常了,包含了种种含意:可喜的、坚韧的、明朗的……

她必须为以后的生活打起精神。

"乡亲们………"她说,左右环顾,"他很好。"她微笑,仿佛李梦安坐的是国民党的牢。

吴半瞎子说:"李老师是个好人……他看《毛选》,一看就是半天,动也不动。真是的,动也不动。过两天,我也去看看他。反正现在我没事。"

孙支前嗫嗫嚅嚅地,说道:"我,我也没事。"

这些人都没事,所以他们都去探望了李梦安。每个人去县城的时候,都是村里的一件大事。他们都换上了干净鞋子和干净衣服,交代好家里人,隆重地与碰到的乡亲告别。然后,十分严肃地去汽车站。

孙支前第一个去,朱雪琴就托他把牙膏、牙刷、毛巾、替换衣服带给李梦安。

吴半瞎子、老董、孙大舅妈等等,都是陆续去的,他们回来以后,都来责怪朱雪琴:

"李老师那口牙齿肿得不成样子。李老师说,早就托孙二爷让你带牙膏牙刷去。李老师说,牙齿这个样子,会得败血症的。败血症会死的。我们都劝他不要怪你。你一个人不容易啊!"

他们一个一个地说,朱雪琴一句一句地听,听到后来,她哭了。她听到了这些人话里没有说的话,她知道李梦安也会听到这些人话里没有说的话。她有一种预感:一个看美女图一个做菜的日子,恐怕不会有了。

她哭着收拾了几样东西,带着她做好的一样菜,到车站乘车。张小明的妈待她走后,点了一支烟,高兴地对别人说:"你们看到没有?恶有恶报,有孙二爷撑腰也没用。李老师一回来,她还能怎么样?哭的日子在后头呢。"

朱雪琴在路上擦干眼泪,打起精神,嘴边带着妩媚的笑容,显出心里高兴又不过分的样子。

李梦安打着嗝出来见她。说:"带什么东西来了?你做的菜?拿回去,我不吃。过两天这里就要释放我了,我出去找个饭店吃个够。"

朱雪琴小心地奉承他:"你看上去气色非常好,好极了。"

李梦安朝地上吐了口唾沫,怒冲冲地说:"好个屁,好个屁。我牙齿肿得吃不下菜,只能一口一口地吞饭团子,我能好吗?你和孙二爷两个人合伙整我,想让我死在这里。你今天的菜里放了毒吗?给我,让我给狗吃。要是有毒,狗吃了就会死了。"

朱雪琴冷静地说:"李梦安,你肯定听见了人家说三道四。人家肯定说我跟孙二爷怎么了,告诉你,不管别人说的是什么,我统统不认账。"

李梦安说:"你真是小市民的女儿。可惜我后悔都来不及了。你走吧,让我想想以后的日子怎么过。"

朱雪琴喊道:"李梦安,你想怎样?你想叫我负一辈子的罪是不是?告诉你,我不负!我做错了事,可是我不负罪。"

朱雪琴一路淌着眼泪回去。

张小明的妈说:"咦,她又哭回来了。"

朱雪琴走过孙支前的旁边,孙支前赶紧从地里站起来,说:"那,不是我讲的。李老师问我……我说我不知道。我叫他去问吴半瞎子,他家靠你家近。"吴半瞎子说:"李老师也问我的。我说不知道,风声是有的,但是人言不足信。老董这家伙鬼鬼祟祟的,也许他一时失言。"

老董说:"李老师这么问我,我劝了他好多话。我老董一辈子只有别人劝过我这么多话,什么时候劝过别人这么多话?我对李老师说,这事情要问李不安,别人说都是不作数的。"

朱雪琴再去县城看李梦安的时候,李梦安已经住在了一个招待所。先是在八个人一间的大屋子,接下来搬到了二个人住的小屋子。他觉得很满意,在屋子里支起蚊帐,贴了一张毛主席的画像,到新华书店买了一本《资本论》,白天在街上东游西逛,晚上就在昏暗的灯光下装模作样地看《资本论》。

朱雪琴说:"支蚊帐干什么?现在这时候没有蚊子了。"

李梦安说:"明年夏天就有了,我预先支好它,省得明年夏天再费一番手脚。"

朱雪琴说:"我来接你回去。"

李梦安说:"我是冤案。应该是孙二爷、大队长、校长几个人来接我,体体面面地把我接回学校去,坐在办公室里准备上课。他们都不来,你来干什么?"

朱雪琴小声而固执地再重复一遍:"我来接你回去。"

李梦安干巴巴地说:"你不要接我回去。我回去以后,我不开心,你也会不开心。我回去以后,就要辟谷。'辟谷'你懂不懂?'辟谷'就是不吃东西。当然不是真的不吃东西,是吃很少的东西,你做的菜我不能吃,一天当中,我只吃两个馒头,一碗粥。辟谷的人,不能多动,要制欲……所以,我连那个也要辟。"

朱雪琴的口气强硬起来,她知道这个时候她必须强硬,如果李梦安还不就范的话,说明他真的不想回去了。

"你想辟什么尽管辟,今天你一定要跟我回去。"

李梦安说:"不,有些事情不明不白,我不能回去。"

朱雪琴坐在床上哭了,她是无声地哭,但是很用力,她觉得床在不停地晃动。

"你回去吧。"她恳求道,"你一回去什么事情都明白了。"

李梦安想了想,还是拒绝。

"不行。"他说,"你会制造假象。你会说谎、耍赖、设圈套、搞手腕……"

朱雪琴不哭了,她觉得头晕眼花,她倒在床上,闭上眼睛。

李梦安说:"那是我的床……"

朱雪琴离开床,走过去搂住李梦安的脖子,一阵一阵地用力。李梦安妥协地说:"我李梦安也不是铁石心肠的人。今天就依了你……今天我不'辟谷'了。"

李梦安还是没有跟着朱雪琴回去。朱雪琴一个人回了家。

家在她的眼里出现,然后从眼睛到达她的心里,她的心里泛起似甜似酸的滋味。

李不安在厨房里忙着烧一锅粥。

朱雪琴疲惫地坐在厨房的门槛上。

"不安,你爸爸不肯回来。他不想要这个家了。"她说。

李不安的脸被柴火烘得红红的。

"不安,你爸爸是嫌弃我了,他真的是嫌弃我了——今后的日子怎么过?"朱雪琴推心置腹地说,这种深入而深情的谈话有过多次,但这一次比任何一次都伤感。

"妈从小也想当个英雄,"她继续说下去,"英雄就是能帮助别人的人。譬如小孩掉到冰窟窿里,妈一头钻到冰层底下把小孩救上来;譬如坏人欺负一个女人,妈上前几句话就把坏人打发走了。小时候,妈有一个邻居,是个老头,脸色苍白得像死人,难得出去走两步路,要扶着墙,腿直哆嗦……妈幻想上去拉着他的手,说,来,跟着我走病就好了。"

李不安瞪大眼睛,好奇地说:"你的想法跟我的差不多。你有没有想过要飞到天上去……"

朱雪琴顾自说下去:"后来嫁给了你爸爸,我的邻居都说我有福,攀了一门高亲。我呢,从此不再想着当英雄的事,只知道守着家,看公公婆婆的脸行事,就放松了思想改造。后来,就犯了错误……说来这个错误也是非犯不可的,刚下放的时候,我一看这个穷山恶水的地方,心里就十分惶恐,像迷了路一样。但是好歹我有你爸爸,有你,有一个完整的家,所以我就强打精神,读读《毛选》,烧烧菜,让日子尽量过得有声有色的。你爸爸一走,我就昏了头。人就像站在绝高的地方,对下面的深渊十二分恐惧,恐惧得索性朝下跳了。"

李不安说:"妈向爸爸认个错,爸爸就回来了。"

朱雪琴心里一难受,掉下几滴眼泪来:"不安你说什么?妈犯了什么错?你以为妈犯了什么错?妈没有及时打听你爸的下落,这是妈犯的错。你是不是听到什么了?那是别人嚼舌头,胡说八道,那些人不得好死。你爸爸也听说了,所以他不肯回来。不安,你跟妈妈贴得最近,你去跟爸说,他走后的每一夜,你都是跟妈睡在一起。"

李不安说:"没有。"

朱雪琴说:"爸爸说,只要你证明总跟妈睡在一起他就回来,因为你从不撒谎。"

李不安说:"不证明。"

过了几天,朱雪琴又到县城去了。李梦安还是不肯跟她回来。她无计可施,只得又用上了美人计。这一次,李梦安非但不肯跟她上床,反而炫耀说他已经征服了一个难以征服的女人,那个女人十分有味,他简直迷上她了。说着,他就拉着朱雪琴的手,推开隔壁那扇门。门一开,朱雪琴看见一个高大肥胖的新疆女人,穿得花花绿绿地站在窗户那儿,像贴在窗户上的一张花纸头,脸上带上羞怯的笑。这个房间也有两张床,两张床上,分别有两个孩子。孩子们穿着汉族的服装。

李梦安对四个孩子兴高采烈地叫:"喂,叫爸爸。"

孩子们有气无力地喊:"爸爸。"

朱雪琴回来对李不安讲:"那个女人就在县城的车站外面摆馒头摊,谁知道她还做什么生意。那四个小孩说是她的儿女,可个个都长得不像。那女人浑身的羊膻气,又黑、又胖,像一座铁塔,两眼亮晶晶的,两片嘴唇又红又肥,那杀气腾腾的样子,你爸爸给她填牙缝都不够。"

李不安说:"什么叫填牙缝还不够?"

朱雪琴没好气地说:"什么叫填牙缝还不够?就是说那女人有病,会传染给你爸,你爸得了病就会死的。"

母子两个人说这些话的时候是傍晚,李不安吃了一大碗粥,三块饼,吃得肚子饱饱的,也不跟妈说一声,甩着两手就上路了。他知道从他家里走起,走到县城,要走一夜。也就是说,天一亮,他就能到招待所了,就能看见他不肯回家的爸爸了。

夜是李不安熟悉的,满天的星斗,冷风在星斗和树梢之间游荡。树梢在动,星斗也在动。树梢动的样子像拒绝,星斗动的样子像首肯。现在是初冬,秋天的温馨一时还没有散尽,变成了初冬的温情。初冬是温情的,太阳的光不再灼热。但是大自然对于冬天是戒备的,鸣叫的虫子不再鸣叫了,寂静的夜里只有狗偶尔吠两声。

李不安是六点多钟出发的,他沿着公路向南走。公路上汽车来来往往,都打着刺目的灯,李不安每次都得捂住眼睛挡住灯光,侧过身体让汽车从身边呼啸而过。他走了两个小时以后,汽车就少了,公路上只有他一个人在走着,漫长的孤独中,他只听得见自己的脚步在石子上走出"咔嚓咔嚓"的声音,这时候,他希望汽车不停地从身边经过。

半夜里,他经过路边的一个集市。集市上满是别人丢弃的东西,他站在集市边上看了一会儿,脑子里响起赶集时乱哄哄的声音。他的爸爸李梦安曾经带他到过这里,买过一大袋梨。

然后,他经过一个学校,他从来没上过学,但他对学校是熟悉的。所有的学校都散发着粉笔的味道,老师们在私底下调情,说着一些小孩们听不懂的话,那些听不懂的话也散发着粉笔的味道。

过了学校,他的腿开始沉重,眼皮也拼命地想粘起来。他索性闭上眼睛,听任双腿带着自己向前移动,移动得很慢,像梦游一样。他对自己说:

"我现在是在梦里了,梦醒了我就见到爸爸了。但是这个梦不能马上结束,马上结束就见不到爸爸了。我要把这个梦做下去……这个梦真好,我的腿轻起来了……"

天快亮的时候,李不安走到了县城边上的火葬场,这是一座庄严整洁的建筑物。李不安再也支撑不住了,他走进火葬场的围墙,找了一个角落坐下来。他的头顶上面是高高的烟囱,每当这根烟囱冒出灰白的烟时,就是一个人的灵魂从烟囱里飘散到空中了。李不安看看烟囱,竖起耳朵听听停尸房里的动静,仿佛听见里面有些声音,不安分的、烦躁的声音,使他想起某一夜在母亲的房门外听见的声音,他心中突地一跳,也不知是为了什么。

他的思绪回到烟囱上来。

他对自己说:"李不安从来就不怕鬼。李不安去年夏天一个人跑到乱坟岗上待了一夜。有一年刮大风,风吹着鬼火在公路边上狂跑,李不安追了这个鬼火再去追那个鬼火……吴半瞎子说,天快亮的时候,现身的鬼影最多。老董说,有一个鬼变成女人,做了人家的新娘。每到天快亮的时候,她就要悄悄地起来梳头。她梳头的时候,要把头拿下来放在梳妆台上。她的新郎官一见之下吓死了……但是我李不安是不怕的……不信的话,你看着好了,我马上就睡着了……"

李不安在火葬场里死死地睡了一觉。他醒的时候,太阳升得很高了。

他的肚子咕咕地闹了起来,他想,忍一忍,见了爸爸,爸爸会让他吃好东西的。当然,他得首先撒过那个谎,他撒谎以后,他就能吃上好东西了,爸爸也就会回家了。

　　李不安找到招待所,向看门的老头问了爸爸的房间。他敲了门,门开了,走出一个穿花花绿绿衣裳的新疆女人,她高大肥胖,身上一股羊膻味。但是她面目和善,眉宇间流露出纯真的羞怯。

　　李不安叫起来:"爸,是我。我来了。我走了一夜才到这里,你和我一起回家吧。从此以后我一定听你的话,回去以后我就上学读书。好好学习,天天向上。"

　　新疆女人睁大水汪汪的眼睛,结结巴巴地说:"你找你爸爸?你是……你爸爸走了……早上六点钟的车……不知道他到哪里去,他没跟我说……也许他在那个地方有女人……说不定……"

　　李不安回去对母亲讲:"李梦安不见了。"
　　朱雪琴"哼"了一声:"他倒舒服。他流浪去了。我也想把这个家扔下不管,流浪去。"

　　李不安去找小翠子,小翠子没找到,找到了小翠子的大黄狗。大黄狗安静地瞅着李不安的脸,眼睛水汪汪的,脸上也有一种似展不展的表情,显得有点害羞。李不安觉得它像那个暖烘烘的新疆女人,就对它说:"我爸爸为什么走?他应该等等我。我已经准备好撒谎了……我也想走。我要找一个很远的地方去……"

第九章

　　李不安看他的母亲横竖看不顺眼,这个孩子一旦看人不顺眼以后,就要恶作剧。现在他要恶作剧了。

　　朱雪琴出去了。

　　李不安在朱雪琴回家的路上挖了一个很深的坑,用粪勺在粪坑里舀了一大堆粪,放在坑里,上面用一层稻草盖住。朱雪琴回来的时候,果真一脚踩了进去,这个坑很深,她连膝盖都没了进去。

　　李不安在屋里笑了个半死。

　　后来他就不笑了,他看见妈妈一声不吭地从坑里拔出腿,走到河边清洗自己。她清洗好以后,就安静地从河边回来了,关上门,在家里再清洗一遍。

　　她把自己拾掇得没了臭味。她从屋里出来时,李不安不在家了。她对着空空荡荡的家痛哭起来,她哭得全身抽搐,心都快从喉咙口呕出来了,她的胸前被泪水打湿了一大片,黏糊糊地贴在皮肤上,她的头很快哭晕了,眼睛红肿得像一只桃子,嘴唇也肿了。哭完以后,她在床上蜷曲起身体,把头埋在枕头里,好像一株陡然失去水分的植物。

这株失去水分的植物想:不安,你快回来,妈不怪你。妈给你做好吃的。妈特别孤单。妈一孤单就要想孙二爷。妈跟孙二爷就那么一次,虽然后来妈还想有第二次第三次,但是妈一想到你和你爸爸,脑子就清醒了,想到自己不是一个人,还得为你们着想。快回家吧,不安。

哭过后的朱雪琴,昏昏沉沉地走到厨房里给儿子李不安做吃的。

李不安逃到什么地方去了?他去找张小明。人家张小明在家里吃晚饭,他敲敲后窗户,就把张小明引出来了。

张小明装腔作势地拥抱他一下,说:"战友,好长时间不见你了。你是什么时候上了井冈山?"

李不安不想和他纠缠,直截了当地说:"给张票。我要出去。"

张小明问:"给张到哪里的票呀?"

李不安想了一想,说:"随便,只要能到火车站就行。"

张小明内行地说:"那你就朝北走,朝北边走有个好处,不渡江。我给你到海滨的票,再远就没有了。你到了那里,还得打票,一路朝北去,才能看见火车。"

李不安说:"不妨。我有嘴,可以问路。"

张小明进屋去偷偷地拿了两张票出来,说:"明天一大早的车。到时候你就站在公路对面等车,车来了你再过来。明天早上我出来检票。"

李不安说:"你给我两张票干什么?我一个人要两张票干什么?"

张小明说:"咦,真是的。我也不知道拿两张票给你干什么。"他哭起来,"那你就拿一张吧,另一张我收起来,藏好,留做纪念。想你的时候就看看。"

他哭了一阵,又多情地说:"也许我过两天也走了。你把你要去的地方告诉我,到时候我好去找你。"

李不安说:"我不知道要到什么地方去,我还没打算好。我只是想看见火车,然后再决定到一个地方去。那个地方必须是远的、好的,它必须和我们这个地方不一样……"

张小明擦擦眼泪,不满意地说:"我为你做了小偷,我爸爸知道了不会饶了我。我妈是不会骂我打我的,也不会告诉我爸爸。但是我爸爸肯定会知道,你不知道我家那几个丫头有多坏,你千万不要娶她们……你把要去的地方告诉我吧。"

李不安脱口而出:"那就到青岛去吧。"

对于即将到来的旅途,李不安没有丝毫的不安。夜里,他在妈妈的钱包里拿走了十五块钱,又在钱包里放上了一张他自己的小照片,表示是他拿走了钱。现在是初冬,马上就要冷了,他带了他的毛衣和毛线裤。天刚亮,他就醒了,到厨房去把妈妈做的面饼全部带上。临走,他朝包里塞了一只碗,一双筷子,因为他想起爸爸以前说过,像他这样不学无术的孩子,实在无法可想时,只有要饭。

他就上路了。

他碰见小翠子。小翠子每天都这么早起身,烧粥、喂猪,干各种家务活。今天她背着篮子,在路边割草,她的黄狗趴在她旁边。

李不安招呼她:"小翠子。"

小翠子说:"我挑草呢,两头猪越长越大,吃糠不够了,要加点草。你到哪里去?"

李不安说:"到青岛去。"

小翠子问:"你爸爸在青岛吗?"

李不安说:"不知道……也许在。青岛的城里,有个旅馆叫"东方一片红",里面有个服务员叫陶二三。我爸爸去看过她,我妈也去看过她。我就到青岛去看她。也许我爸爸就在那里了。"

李不安说完就走。

小翠子收起篮子背在身后,跟着他。

"李不安,你什么时候回来?"她问。

"春天,飘柳絮的时候。"李不安回答,"那时候暖和了,河里一窝一窝的小蝌蚪,小虫子他们喜欢糟蹋小蝌蚪,把它们从水里捞出来,扔在土路上,从小学校到村子,扔了一路。你记得不记得?你老是陪我救这些小蝌蚪,把它们同泥巴一起抠下来,扔进河里……我就在春天回来。"

小翠子沉默了一会儿,困难地说:"李不安,瞎子给我算过命了。瞎子说我活不到过年。我总是气闷,脚底发飘……我也觉得活不到过年。你要是春天回来,恐怕我活不到那个时候。"

"谁说的?"李不安生气地问,"哪个瞎子?"

小翠子低下头不说话。

李不安停下脚步,不相信地打量小翠子。他想了一想,决定让步。

"好吧。"他说,"飘雪花的时候,我就回来了。"

到了公路上,小翠子说:"李不安,我不送你了。孙大舅总说,世上没有不散的筵席。又说,送君千里,终有一别。你把大黄狗带着吧,路上有个伴,大黄狗可通人性了。你碰到坏人,它会帮你忙的。"

小翠子解下她的裤带,系在大黄狗的头颈里。然后,一手提着裤子,一手把裤带连同大黄狗交给李不安。李不安接过裤带,牵着大黄狗走了。他边走边说:"小翠子,抓紧裤子。别叫裤子掉下来。"

小翠子抓着裤子往回走,也是边走边说:"你说好的啊,飘雪花的时候回来。"

这天早晨,果然是张小明检票,他一边打哈欠,一边塞给李不安一张两块钱的票子。这样,李不安就有了十七块钱。张小明"哐啷"一声锁好车门,对司机挥挥手,打着哈欠回去睡觉了。

　　李不安上了车,开始打量车里的乘客。乘客们都是无精打采的,脸上也没有表情。有的带着鸡,有的抱着一床棉被。他们不觉得旅行是一件愉快的事,他们只想快点到达目的地,离开这辆"哐啷哐啷"到处震响的汽车。是的,这辆车是很破了,开起来摇摇晃晃的,路上的灰尘一股劲地朝里钻,它们钻进来的时候十分容易,出去就很困难,灰尘让所有的人呼吸不畅。所有的人都不高兴,只有李不安是高兴的。李不安想:他们为什么不高兴呢?因为他们没有那么远的目标。他们的凳子刚坐热就要下车了,回到他们熟悉得不能再熟悉的家里。只有他李不安是与众不同的,他要到青岛去,看一个名叫陶二三的女人,这个女人的名字真怪,见了她以后一定要问问她,她的爹妈为什么给她起了这么一个难听的名字……为什么要去看她呢? 不知道。

　　李不安不知道为什么要去看那个名叫陶二三的女人。这是一个谜。

　　半个小时后,到达终点站了。

　　大黄狗一下车,挣脱了李不安的手,带着头颈里的带子逃了。它朝来的路上逃。

这样,李不安只好又朝来的路上步行而去,他希望看见大黄狗跑累了,躲在什么地方憩着。他心痛大黄狗,它要是落到别人手里,二话不说就把它打死,剥皮下锅。这是小翠子的狗,小翠子相信他才把大黄狗交给他带着。

李不安从布包里掏出饼吃起来。饼是妈妈做的,里面放鸡蛋、葱花、糖和猪油,布包也是他妈妈做的,帆布的面子,里面还衬了一层旧绸。

吃完饼,李不安拉开嗓门呼唤起来,狗—狗—狗—狗……

他一路走一路唤,忽然之间产生了错觉,好像唤的不是一条狗,而是一个人,一个他熟悉的人,是谁呢?是爸爸?是妈妈?这个错觉让少年产生了一丝惶惑,他仔细地回想刚才到底呼唤了谁,狗还是他的爸爸或者妈妈?

他不能确定真的没有呼唤过他的父亲和母亲。

他迟疑地再叫一声:"狗。"

这次他能确定了,他呼唤的是一条狗,一条大黄狗。

他不想朝来的路上走下去了,他得不停地乘车、换车,朝北方去,去找火车。

他骂了一声:"谁要是吃了我的大黄狗,叫他来世也变狗。"

这个少年凭着他的十七块钱不停地朝北走,他买票的时候,只说:"往北。"人家就给他朝北的票,他发现从来不需要多说,从来没有发生过错误,他一直朝着北边去。大家都知道北边在什么地方,北边在南边的对面。

后来他就没有了钱,不能再搭车了,但是人家告诉他,沿着这条公路,这么走那么走,就看到火车站了。帆布包里的饼早就给他掏光了,他把碗从包里掏出来,肚子饿得不行,就站到人家门口,把碗朝前一伸,居然每次都能要到吃的。有一家人家是婆媳两个,带着一个小姑娘,叫他进去吃,吃完了让他洗个凉水澡。洗完澡以后,那个婆婆就把他拉到面前,把鼻子凑到他的脸上,左看右看,说:

"这少年五官长得像观音菩萨。叫什么名字……姓李,小李子,留下来做我干孙子好不好?不好?那你就招女婿在我家里吧。就是这个丫头,你看看。你要是同意了,就给你们结个娃娃亲,你留在我家里,供吃供穿,供你上学。"

李不安看看那个小姑娘,那个小姑娘眼巴巴地看着他,希望他留下来。而后,她就笑了一笑,跑开了,她知道李不安不肯留下来。

"我喜欢要饭。"李不安对婆婆说。

婆婆举起她手里的拐杖揍了他一下,发怒道:"贱命,走吧。"

李不安要走时,那婆婆又舍不得了,给他包里装满吃的东西,给他五块钱。告诉他,她这里是什么地方,千万记住,想回来的时候就赶紧回来。

李不安站在那里不动。

婆婆说:"想跪下对我磕个头是不是?那你就磕头吧。"

李不安咧开嘴笑起来,他冲着婆婆认真地笑,笑个不停,于是婆婆也笑了。婆婆一面笑一面说:"这个孩子……这个孩子,什么爹妈养出这样的孩子?你可得小心点,当心被人贩子拐走。像你这样的孩子,拐回去当上门女婿最合适。"婆婆发现自己说漏了嘴,赶紧不说了,转过身去,悄悄地在自己的嘴上打一下。

现在,李不安到了火车站了。

他在火车站外面睡了好几夜了,夜里很冷,他穿上了毛衣和毛线裤。火车站外面,一到夜里,就躺满了人,这些人全部带着不值钱的大包袱,他们睡觉的时候,把头枕在大包袱上面,有的人干脆就躺在包袱上面。

李不安从他们的嘴里知道到青岛去应该乘坐什么班次的火车,那些人指给他看,"青岛"就是这两个字。但是他没有钱,他没有办法解决票的问题。

夜里,他躺在冰凉的地上,一次又一次被火车经过的声音惊醒。他心里充满喜悦,他渴望坐上火车到任何地方去。火车经过的时候,地面一阵阵颤动,他就像躺在了水波上面。有时候,他得意忘形,忍不住代替火车叫了起来:"呜——"他"呜"一声不要紧,"呜"到第二声,就会被人踢屁股。大家都在睡觉,他起劲个什么呢?

李不安老在火车站里逛来逛去,寻找运气。有一天傍晚,运气终于来了。

和往常一样,检票口总是特别拥挤、混乱,人跟人挤成一团,检票的人都挤得看不见了。每次检票员检完一车次的票,总像虚脱一般。这些情形,李不安都看见了。到青岛去的二号检票口,检票员是一个胖胖的中年妇女,每回检票结束后,她就大口地喘气,倚在检票门口,"咕咚咕咚"地喝下一大杯水,那么大的一个大杯子啊!这些,都给李不安看在眼里。他对胖女人有些好感,胖女人的情绪全部暴露在外面,有点像他熟悉的一些好人。

胖女人经常上晚班。

晚上,候车室里灯一亮,空间就变得小了。灯光并不亮,可以说是暗的。在有些暗的灯光下,人和人挤在一起,脑袋麻木着,行动也迟缓起来,恍恍惚惚的就像在家里一样……这种时候,总是有机可乘的,什么事都能发生。

又是胖女人值班。

她在检票。

她淹没在人团里。

后面的人一个劲地朝前拥,前面的人出去很困难。当然,大家都是守规矩的。虽然这么挤,大家都努力把手上的票递给胖女人。这些人像一群拥挤的绵羊,沉默而规矩,但是拼命地挤。谁也不知道为什么要这样挤,不知道别人为什么挤,不知道自己为什么挤。

只是挤。

人群外面,三个穿着体面的青年站着商量什么事情,一个姑娘,两个小伙子。他们站的地方是一个几乎没有人的地方,只有李不安躺在条椅上,他们不提防一个孩子。

一个小伙子愁眉不展地说:"这怎么好?我们三个人,一张火车票。怪就怪那个换站台票的女人,给我们的火车票上打了一个勾。你们看到没有,她的脸上青了一大块,肯定是被别人揍的——也许被她男人揍了。"

那姑娘大大咧咧地说:"你们先走,我随后就进去。"先前说话的那一个说:"看你的本事。"另一个说:"你小心点。动作要快。"

于是那两个小伙子用力挤进人群里不见了。

李不安看见那两个小伙子已经检好票进站了,他们大摇大摆地朝站台走去。

留在人群外面的姑娘突然发起疯来,疯狂地推搡着人群,叫着:"等等我,等等我,我在后面。"她根本无视那个胖女人,她活像是一个被亲人误扔下的可怜姑娘,她非常着急,因为她的票在她亲人那儿,而她的亲人已经检好票了。她疯狂挤过胖女人的身边时,看也不看胖女人,只是一个劲地叫喊:"他在前面,我的票在前面。你等等我。"可怜的胖女人当然相信眼前发生的事情,她张开她厚厚的嘴唇,看着姑娘通红的脸,心里替她用劲。

这是李不安看见的。

李不安在车站里把自己洗得干干净净,还清洗了外衣和外裤。几天后,他如法炮制,扮成一个被舅舅误扔下的外甥,费尽了全身的力气,从人群里拼杀出来,经过那个厚厚嘴唇的胖女人,看也不看,拼命地向前去找他的"舅舅"。

李不安混到列车上去了。

他踏上了到青岛去的路程,只是为了看一个名叫陶二三的女人。一个陌生的、与他的生活没有任何纠葛的女人。

第十章

看一个陌生的女人,一个与他生活没有任何纠葛的女人,这是少年李不安这趟旅行的目的,也许只是旅行的借口。谁知道这里面的真相?连他自己也不知道。

能确定的只有一点:他的生活里发生了很大的变化。他的父亲不见了,他母亲在他眼皮底下失贞了——是一个母亲的失贞,而不是一个女人的失贞。

他不喜欢妈妈被父亲和他以外的男人侵占。

他在列车里游荡。

他看见了一个女人,那个女人也在看他,所以他走过去的时候,还把头向后扭着,看那个女人。那个女人结结实实地稳坐在座位上,靠窗的边上还留着一小块空位子,她把她的腿放在空位子上。李不安从女人看到空位子,又从空位子看到女人。

那个女人向他笑了一笑。

所以李不安过了一阵又走回去了。

女人长着一张圆圆的脸,眉毛淡得几乎看不见,大而微凸的眼睛,眼尾很长,一直向发际那边斜过去。她张着嘴,露出一口白而长的牙齿。李不安喜欢她的眼睛,她的眼睛会说话,像他的母亲。李不安不喜欢她的牙齿,她的牙齿在灯光下发出幽蓝的光。

李不安看着那女人和她的空位子,不走了。

那女人把腿放下来,招招手,李不安走过去坐下了。那女人套着他的耳朵小声地说:"没买票吧?"

李不安把头偏过去,女人嘴里嘘出的热气让他感觉不舒服。他把头偏过去一点以后,又把身体朝窗户那边挪了一点,他就像一只贴在墙壁上的蝙蝠。他看看窗户,窗户里隐隐约约有个他,他后面隐隐约约有许多人在吃东西。

女人解开一个包,对他说:

"你看,我带了这么多吃的东西。"

李不安咽着口水转头去看,这一看,他的肚子像只青蛙一样鸣叫起来。女人的包里有鸡蛋饼、卤蛋、咸肉、一只烧鸡。女人说:"你知道我为什么带了这么多的东西?有一个男人,说好跟我一起走的,结果他没来。我在检票口等啊等的,不相信他不来。上了车,我还在望着,不相信他不来。车子开了,我还在想,说不定他一下子就站在我面前了,吓我呢?"

李不安说:"你一个人肯定吃不了这么多的东西。"

女人点点头,说:"我一点东西都吃不下。你吃吧,能吃多少就吃多少。"

李不安说:"你真像我妈。"

李不安开始吃东西。

他消灭了那只烧鸡,吃完了一大堆卤蛋,又朝肚子里塞了两张蛋饼。最后,他把一大块熟咸肉放到眼前欣赏一下,恋恋不舍地放下了。他吃得太饱了,肚子挺着不能动弹。他吃得浑身麻酥酥地,四肢百骸软绵绵的。他打了几个饱嗝,静静地体会吃饱后的感觉……过一会儿,他的身上痒起来,他随手就在痒的地方抓了一把。

"吃饱了痒,怕是虱痒。"女人说,伸手在李不安抓过的地方抓了几下。

李不安脱下毛线衣,在上面认真地找起来,那个女人也凑上来看。女人说:"这边有一个……哎呀,那边有一个,冒出头来了……"李不安不好意思地捉了一个又一个。捉好以后,他穿上毛线衣半躺在座位上,心还在怦怦地跳着,整个人还是慌乱着,脑子里响着女人的声音,"这边一个……那边一个"。他不知道自己到底捉了几个,四个或者五个……刚才心慌乱得不行,没有点数。现在好多了,又空闲着,不如想想捉了几个。

李不安闭上眼睛假装睡觉,其实他在回想到底捉了几个虱子。他一个一个地清算过来,头皮也跟着一阵一阵地发麻。到后来,他不仅头皮发麻,浑身也跟着起鸡皮疙瘩。他觉得这样子特别有趣,就使劲地回想,头皮使劲地发麻,浑身一阵发冷,然后又一阵发热。

女人问:"你怎么了?你是不是身上还痒?你不要不好意思,皇帝身上还有几个虱子呢。来,你把裤子脱下来,我给你看看。"

李不安把裤子脱下来递给她,说:"阿姨,你真像我妈,我妈就是这样关心人的。我离开家的时候没有告诉她,她会难过的。我不想告诉她,我到青岛去看一个人,那个人,我爸爸见过,我妈妈也见过,就是我没有见过。我看过这个人以后马上就回家。"

那女人说:"……哦,你把毛线裤也脱下来给我看看。"

李不安说:"不行。脱了毛线裤我就剩短裤了,我忘记带棉毛裤了。我不能脱得剩下一条短裤,我爸爸叫李梦安,他从来都是穿着长裤的,就是很热的夏天,也从来不穿短裤出去。我妈叫朱雪琴,她一年四季都穿着笔挺的长裤。"

女人说:"你怕别人看见?那这样吧,你跟着我到那边去。我非得把你裤子里的虱子捉出来不可。"

李不安说:"裤子里不痒。"

女人说:"谁说不痒,你不好意思呢。"

女人拉着李不安的手,走进厕所。一个乘警看见了,说:"哎,厕所里一次只能进去一个人。"女人头也不回地说:"我儿子屁股痛,我给他看看。"乘警说:"屁股痛?车上有医生,给你们找一个吧。"女人气冲冲地说:"算了吧,大家都睡觉了,你也去睡吧。"乘警说:"哎,我好心得不到好报,你这个同志真是少见。"女人回答:"我心烦着呢,你不要来打岔。"

女人锁上厕所门,对李不安说:"你把毛裤脱掉。"

李不安脱掉毛线裤。

女人说:"你把短裤也脱掉。"

李不安脱掉短裤。

李不安脱掉短裤以后冲着女人笑笑,他不知道女人想干什么,他不怕这个女人,他想:我李不安,怕过谁呢?他之所以脱掉毛线裤又脱掉短裤,是因为坐了这个女人的位子,又吃了这个女人的烧鸡、卤蛋和蛋饼……他还想吃那块香香的熟咸肉。

李不安穿上裤,说:"有点冷。真的有点冷。这里很臭,我们出去吧。我毛线裤里没虱子,短裤里也没有,你都看见了。"

女人说:"好……好,这里确实很臭,我们马上就出去。你毛线裤里没虱子,短裤里也没虱子,我都看见了……你叫什么名字?"

李不安:"我叫李不安。"

女人说:"我叫章四瓦……我爹妈生了六个闺女,大的叫章一瓦,二的叫章二瓦……我底下还有两个妹妹……我爹上过私塾,写得一手好毛笔字……我的身世简直太复杂了,一时半刻说不清。我是个可怜的女人……李不安,我生了三个闺女,没有儿子,你让我摸摸你的裤裆吧。"

李不安想了一想,同意了。

女人又说:"让我这样来一下。"

这样来了一下以后,女人突然邪笑起来,问:"李不安,你几岁了?"

李不安断断续续地说:"十……十……一。"他不喜欢女人的笑声。

女人说:"小是小了点……李不安,你把手放在我这里……再放到那里。我真是个可怜的女人,我心里特别烦特别热……现在我好多了,心里凉了下来。李不安,你穿上毛线裤,别受凉了。受了凉就是我的罪过。"

李不安穿上毛线裤,回到车厢里,把外裤套起来。然后,他就想睡觉,但是他睡不着。车厢里熄了一些灯,留下的灯黯淡地亮着。李不安转过眼睛看着那个女人,发现女人也转过眼睛看着他。女人的身体热乎乎的,一阵一阵地传过热气,让李不安身上又痒了起来。他伸手在身上痒的地方悄悄抓了一把,他不敢用劲抓,那样的话,也许女人又要把他叫到厕所里脱裤子了。

但是他忍不住地痒,痒了一个地方,另一个地方又痒了。他拿了他的帆布包、碗,走到车厢出口处,他看见外面的风了,也看见前方有一个亮着灯光的小站。他想离开车厢,这车厢里有一些让他不愉快的回忆,并不郁闷,并不沉重,但是不愉快。一切都是迷惘的,找不到爱和恨……又不是空白的。

车子停下了。女人在李不安身后说:"外面的风大得很。"

李不安走下火车,被冷风一吹,他身上立刻不痒了。女人跟在李不安后面下了车,慌张地说:"李不安,上来,火车马上要开了。"

李不安头也不回地朝车站外面走。

女人停住了,说:"李不安,你不要把我的名字跟别人说……记住了。"

第十一章

出了车站,李不安找个避风的地方,睡了一觉。第二天醒来,他发现这是个非常小的地方,车站外面是一条窄窄的马路,拾荒的、捡煤的、兜售小食品的,穿梭在自行车和板车中间,火车不时地经过这个地方,鸣叫一两声,又威风凛凛地离开。但是谁也不去理会它,顾自做自己的事情。

公路边上是地,种着庄稼。这个季节里,地里没有可供李不安偷食的东西。他沿着公路朝北走,他是从南边来的,必须朝北边去。李不安走啊走啊,想明白了一个道理:上一顿不管吃得多么饱,下一顿还是要饿的。

他想起了那个名叫章四瓦的女人,这个女人让他的生活变得模糊不清,让他所经历过的疼痛变得麻木了。

将近中午时,李不安碰到了另一个少年平安。

平安背着一只长长的竹篓子,手里撑着一根竹棍。竹棍上从头到尾粘着纸,纸上写着大大的毛笔字。

李不安看见他伸出长长的火钳,在垃圾堆里翻来翻去。他的姿势有点特别,他不弯腰。李不安观察了一会儿,明白了:他是个瞎子。

瞎子平安忙活了一阵,捡到了几张破纸。他把纸和火钳放进竹篓子里,拄着竹棍朝李不安这边来了。

"嘿。"他伸出竹棍戳戳李不安,"我知道你在看我。我是个瞎子,这里的人都知道我平安是个瞎子,从小被父母扔在煤堆上,是老刺猬收留了我,养我到今天。我没什么报答他,就每天出去捡一点煤回去。我们这边产煤,但是煤质不好。老刺猬说,你既然出去了,就多做一点事情,顺带一些纸回来……你是个外地人,我知道,本地人从不这样看着我做事情……你叫什么名字?"

李不安说:"平安,我叫李不安。"

平安说:"怪怪。咱们名字里头都有一个'安'字,但意思是不同的……李不安,你知道老刺猬让我捡纸回去干什么用?"

瞎子平安把竹棍用劲在地上顿一下:"你看这棍子上的纸都是我捡来的,纸上面的字都是我写的。老刺猬教我写字呢。老刺猬说我特别聪明,可惜是个瞎子。"

李不安凑上去看,只见纸上面歪歪扭扭地写着一些字:吃饱太平。活着有劲。共产党是大救星。活了一年又一年……活了二年又三年……

李不安问:"为什么说活了一年又一年,活了二年又三年……"

平安说:"老刺猬讲,人活一年,就得谢一个人。一年谢爹,二年谢妈,三年谢列祖列宗,四年谢共产党。四年以后就有得谢了,因为共产党很多,你得一个一个地谢……这样一路地活下去,一路地谢下去,有时候就觉得不耐烦。就想,唉,活了一年又一年,活了二年又三年……不知道什么时候到头。你只能自己不耐烦自己,你不能埋怨你感谢的那些人,那些人一个也不能得罪。他们让你活,活得好不好是你的事。做人要有良心,你就是饿得只剩一口气,也要用半口气感谢所有的人……老刺猬还讲……"

李不安说:"我不听了……我肚子很饿,我要跟你回去。谁让我俩有缘?谁让我俩名字里都有一个'安'字。"

平安反驳道:"谁说都'安'了?我俩名字里的意思是不同的。"

李不安扯下平安的篓子背在身上,说:"顾不得那么多了。我们快回去吧。"

李不安和平安走街穿巷,来到一条河边的矮屋子里。李不安走进屋子,闻到一股难闻的味道,然后,他眼睛一黑,什么都看不见了。片刻之后,他的眼睛适应了屋内的黑暗,他看见屋里有两点荧光。他想,这是猫眼吧?不对,这是人眼,他看见人的模样了。

"老刺猬在家吗?"李不安问。

那两点荧光一动,传出声音:"平安,这个小家伙干什么来?"

平安说:"爹、爷爷、老刺猬……这个人叫李不安,他肚子饿了,到我家来吃饭。"

那个声音说:"那不是来剥我的皮吗?"

李不安四下鞠了一圈躬:"爹、爷爷、老刺猬……我不是个流浪的人,我要到青岛去见一个人,见了以后就回家……我暂时住在你这里,给你干活,不白吃你的饭,有机会我就走……爹,爷爷,老刺猬……"

平安哈哈大笑:"我家没有那么多人,爹、爷爷、老刺猬是一个人,就是老刺猬。我从小什么都叫,爹、爷爷、哥哥、老刺猬、奶奶、祖宗……老刺猬嫌烦,说,就叫老刺猬吧。我有时候还是想多叫一些称呼,就叫,爹、爷爷、老刺猬。"

老刺猬说:"我也是有名有姓的,平安,你告诉他,老刺猬叫什么。"

平安大声说:"于光达。"

老刺猬说:"听到没有?于光达,光耀、显达……多亮的名字。我三十岁那年,决定不用人家叫我这个名字了,人家老是叫我,于光达,于光达,听着就像在骂我。我就给自己起了个绰号,叫'老畜生'。但人家说,这个绰号不能叫,明明是人,叫老畜生。我又改成'老刺猬'。人家又说,老刺猬,也不是人嘛,但是叫上去比老畜生好多了,既然你一定让我们叫老刺猬,不让我们叫于光达,我们就叫你老刺猬吧……一晃三十年过去了,我老刺猬活得跟一只刺猬一样自在,有什么事想不开,我就对自己说,你不是于光达,你是老刺猬……我真后悔啊,早知道起个更轻的绰号,老蚂蚁,或者老唾沫。那不活得比现在更好?"

李不安说:"爹、爷爷、老刺猬……您老人家怎么会想起给自己起绰号的? 我们小孩子认为,起绰号不是件好事。"

老刺猬说:"这些事不能跟你说。"

他走过来一把拎住李不安的脖子,捉到屋外的阳光底下看看,说:"好个体面的少年。我看你是有来历的……其实我也是有来历的。我不说罢了。"

又问:"你能干些什么?"

李不安说:"我能烧火、劈柴、捡煤、割草、放鸭子……"

老刺猬说:"行了,你以后就在我这里烧火、劈柴、捡煤、割草。家里养了四只鸭子,每天早上它们自己会出去,到晚上自己回来,不需要你看着它们。除了以上这些事情,你帮着平安写字吧。就是说,扶着平安的手,教他一笔一画地写字。"

李不安说:"我不会写字。我没上过学。我只会写一、二、三、四、五。"

老刺猬说:"那你就跪下来磕个头,拜我为师吧。我来教你写字。我老刺猬生来有福,收了一个学生,又收了一个学生。今后,两个人吃的饭,要分作三份,三个人吃。这样也好,少吃是不会死人的,多吃总是对身体有碍。"

吃晚饭的时候,家里多了一个人。是一个五十来岁的女人,她到了老刺猬家里,就像到了自己家里一样,点灯、抹桌子、盛粥,从腌缸里捞出咸菜,切碎了,放一半在桌子上,另一半放到碗橱里,说:"这一半明天吃吧,省着点。"一边说,一边拈起一块咸菜放在自己的嘴里。然后,她从怀里拿出一只鞋底坐在炕上纳鞋底。

老刺猬对平安说:"平安,没洗手,就坐到这里想吃饭?"

平安说:"他也没洗。"

老刺猬说:"他是谁?他是客人。"

平安乖乖地跑出去洗手。

那女人笑着说:"平安,当心河边滑。你也真是的,穷人有这许多讲究?你以为你是什么人?你像个地主。"

李不安站起来说:"我也去洗手。"

李不安出了门,到河边,见平安还蹲在石阶上仔细地清洗手呢。

李不安说:"老刺猬真像我爸妈,我爸妈也讲究。但是我不讲究,我不爱讲究……平安,你洗了这么长时间的手,你也爱讲究。"

平安说:"不是……是……我觉得人讲究一点好。我讲究一点,人家就说,你看,瞎子平安不是一个普通的瞎子,他也会讲究呢。再说我吃东西喜欢用手摸,摸了以后再吃,我心里十分踏实,不摸一下就吃下去,好像没吃似的。"

瞎子平安吃饭时,真的要用手把什么东西都摸一下。他要摸摸咸菜,摸摸玉米饼,上一顿剩下的青菜他也用手摸了,最后,他竟然伸开五指摸摸粥。摸完之后,他的脸上现出满意的愉快的神色,叹了一口气,把手指上沾的食物仔细地舔吃干净。

老刺猬拿起筷子的时候,严肃地对炕上纳鞋底的女人说:"唐寡妇,你来一起吃。"

那唐寡妇一本正经地回答:"你们先吃。我有事脱不开手,你没看见我正忙着呢?"

老刺猬慢慢地吃,他真的吃得非常缓慢,他的嘴好像特别抗拒食物塞进来,每次他总要费好大的劲才能劝说嘴让食物通行。他把碗里的粥喝了一半,把一块薄薄的玉米饼吃了一半,说:"吃饱了。"就把碗朝旁边一推,吸烟去了。李不安正想说我没吃饱呢,我想吃——正想这么说时,平安在桌下踢了他一脚,他就不开口了。

吃完晚饭,那唐寡妇收拾桌子,洗刷了锅碗,把老刺猬吃剩下的半碗粥和半个玉米饼放到一边。临走时,她对老刺猬说:"鞋底快纳好了,纳好了就上鞋帮。今年大冬天有你穿的。"

说完,唐寡妇就急急忙忙地拿起老刺猬吃剩下的粥和饼走了。

平安慢悠悠地说:"她是个寡妇,她有三个孩子,她现在给她最小的那个喂粥,她说了许多次,鞋底快纳好了,纳好说就上帮,去年说到今年,就是没见到送一双来。她纳好的鞋到哪里去了?不是我这么问,人家都这么问。人家还这么问我,平安,唐寡妇有没有送新鞋给你爹穿?"

老刺猬说:"他们多管闲事。以后有人问你,你就说,多管闲事多吃屁。"

平安说:"我不那么说,那么说不文明。我对他们说,我是个瞎子,我什么东西都看不见。他们说,你可用手摸啊。用手摸?他们真够笨的,新的旧的,我用手摸不出来。"

老刺猬点点头,赞许地说:"好,好。平安是个好孩子,会说话。"

开始写字了,老刺猬正襟危坐。他叫李不安拿一块煤,放在碗里,兑上水。老刺猬对李不安说,这就是墨水。这是假墨水。你看它乌黑的,其实写在纸上不黑,它一会儿就沉淀了,你得拿根筷子不时地搅它一下。只是不能搅得太用劲,不然的话,水里尽是化不了的小煤屑儿,写在纸上面,对不住纸。

李不安问,为什么对不住纸。

一纸的黑麻子,老刺猬说。

李不安先写。

李不安……吃饱太平……活着有劲……共产党是大救星……活了一年又一年……活了二年又三年……

李不安把笔一扔,说:"我不写这个,我不爱写这个。"

老刺猬说:"这孩子……你这孩子,字写得真是有模有样……你想写什么?"

李不安说:"陶二三。"

老刺猬说:"什么?陶二三,这个人是什么人?不是你爸爸就是你妈妈,或者是你从小订下的娃娃亲。"

李不安说:"我不认识她。她在青岛,在"东方一片红"旅馆里当服务员。我爸爸去看过她,我妈妈也去看过她,现在轮到我去看她了。"

老刺猬见多识广地评说道:"人要找点闲事情做做,不然的话,人穷着,不找点闲事情消磨消磨,就要想着造反。我每天吃好晚饭后都要教平安写字——教一个瞎子写字,你不知道有多少人笑话我,但我不管。我对人家说,或许有一天平安的眼睛突然好了,他看见的太阳不是那么回事,月亮也不是那么回事,屋子也不是那么回事……他就想干什么呢?他肯定想造反……平安,是不是?"

平安回答:"是。"

老刺猬得意地点点头,说:"是不是?是。所以我教他写字……吃饱太平……活着有劲……共产党是大救星……他会写字了,就不会造反,因为他想,我到底不是一无所有。我会写字。平安,是不是?你会写字了就不会造反,对不对?"

平安回答:"对。"

老刺猬嘿嘿地笑起来:"对不对?对,对。吃饱太平,活着有劲。你去问问死人,活着好还是死了好。"

平安回答:"活着好。"

老刺猬说:"今天平安写'好死不如赖活'。"

平安拒绝:"我不写这个。"

老刺猬看看李不安:"你写。"

李不安拒绝:"我也不写。人有时候还不如死了好,赖活着没什么意思。"

老刺猬着急起来,喉咙响了:"怎么没意思?你这孩子,你才看见了多少事情?告诉你,不管发生了多大事情……咳,不说这个了。总而言之,你想到离开家去看一个陌生人,说明你是个有药可救的孩子。平安,我们今天写'太阳出来喜洋洋'。"

瞎子平安直起腰背,像模像样地把毛笔拿在手里。李不安站在他背后,扶着他的毛笔,仿着老刺猬的一笔一画,认真地写:太阳出来喜洋洋。

老刺猬看看平安,又看看李不安。看看李不安,又看看平安。说:"我老刺猬要是有钱,顿顿让你们吃红烧猪肉,吃干饭。给你们每人添几身新衣服,一人一间屋子,一人一个小床,一个书橱,一个书桌……长大了,给你们每人娶个媳妇。"

平安忽然说道:"给唐寡妇也添一身新衣服,起一座新屋子。你心里肯定这么想了,就是不好意思说出来。"

老刺猬一愣。平安已经觉察到了老刺猬的难为情,越加发肆,说:"起一座新屋子,跟她拜堂。"

老刺猬一口烟呛在喉咙里,呼噜呼噜地喘起来。平安和李不安低着头,抿嘴笑了。

写好字,平安和李不安两个人牵着手走到外面。月亮升起来了,月亮边上拖出一些绢一样的白云。李不安想,可惜平安看不到的。这时候平安说话了,他说:"还是看不到为好。月亮里头有人呢,月亮里头有人不会冷不会热,吃得饱穿得暖,不会被雨淋着冰雹打着,身上不会生虱子,脚上不会生鸡眼……我要是成天看见他们在月亮里头乐,还不伤心死了?"

平安指点着李不安来到一片宽阔的河滩上,河滩上的土很硬,稀稀落落地长着矮草。平安先坐下来,问:"水是什么颜色?我从来不知道水是什么颜色。我看不见水的颜色,但我看得见太阳的颜色,太阳的颜色是黄的。在我看来,水的颜色应该跟太阳的颜色一个样,这样才相配。"李不安说:"水没有颜色。"平安沉思了一刻,又说:"有一个人——一个小姑娘,送给我两张玻璃糖纸,我把它们放在贴身的口袋里。刚开始时,只要我一动,糖纸就会响。时间长了,任我怎么动,糖纸也不会响了……那个小姑娘是镇长的独生闺女,叫月香……没听说过月亮是香的。她送糖纸给我干什么呢?我又看不见它们。"

李不安对他的说法不以为然:"人家送你东西,总是一片好意。像小翠子送我一条大黄狗,我明明不想要它,还是带着它走了。当然,大黄狗后来跑走了。你把糖纸拿出来让我看看,是什么颜色的。"

平安赶紧捂紧衣服前襟:"不行,糖纸一见太阳就会化了。"

李不安说:"谁说一见太阳就化了?好吧,就算它见了太阳就化,现在是夜里,只有月亮没有太阳。"

平安说:"见了月亮也会化掉。"

李不安生气地问:"它会化成什么呢?"

平安言之凿凿:"它会化成水,就是化成太阳那样的颜色。或者化成一道烟走了……烟也是太阳那样的颜色。"

李不安骂了两个字:"瞎子。"

两个人好一阵沉默。最后还是平安打破了沉默,对李不安说道:"我们不说糖纸的事了。我告诉你一个秘密:我杀过人。你千万不要跟老刺猬说,他从来不知道我杀过人。"

李不安打了寒战:"你用什么东西杀人?"

平安说:"很多。很多东西都能杀人。我用的是最体面的一样东西,我用老鼠药……你千万不要跟老刺猬说起这个秘密。"

突然,老刺猬的声音在两个人的背后响起来:"平安,你又在跟别人说你杀人的事了? 快回去睡觉吧。老刺猬受了千辛万苦也从来不动杀人的心思,你这个小毛头倒是老想杀人,你想杀谁呢?"又对李不安讲:"他说着玩玩。他怕人欺负他,就说杀过人。今夜里睡觉,你可让他一点,别挤他。"

第十二章

　　李不安发现,这小镇上几乎所有的人都知道平安杀人的故事。经常有人逗平安:平安,你到底用什么东西杀的人?平安今天说老鼠药,明天说砒霜,再过一天说卤水。人家还这么逗他:平安,杀人,最简捷不过是用大刀、斧头、榔头……平安说,那些东西他不能用,就是杀人,也要文明。这是老刺猬再三叮嘱的事。老刺猬说,平安啊,杀人归杀人,顶多用卤水、老鼠药、砒霜,千万不能用大刀、斧头、榔头。人家再怎么引你用大刀、斧头、榔头那些东西,你也千万不能用。你听见老刺猬的话了吗?

　　平安当然听见了。

　　人家说,平安,给你一个咸鸭蛋,说说你杀人用了什么?

　　平安说,用老鼠药。

　　平安就损失了一个咸鸭蛋。

　　又有人说,平安,吃块葱油蛋饼。来,说说你杀人用了斧头还是榔头。

平安说,用卤水。

平安就损失了一块葱油饼。

这是一个想象的杀人游戏。平安从没杀过人,也不知道要杀谁,如果要杀谁的话也不可能杀了谁,这是大家都知道的。但是这里的人都愿意让这个杀人游戏经久不衰,原因在于:大家都喜欢加入这个想象的杀人游戏。

有一天,李不安吃晚饭的时候,突然哭了起来。因为他想到了一件事:他也想杀人。他想杀的人是孙二爷。平安杀人的时候,用卤水、老鼠药、砒霜就行了。而他李不安杀人的时候需要当兵、立功、升官,回乡带勤务兵,带着枪……而且孙二爷不一定乖乖地转过身去,让他在后脑勺上开一枪。

除了孙二爷,他想他还恨张小明的妈,恨朱雪琴,恨李梦安,恨火车上那个叫章四瓦的女人。

他放声大哭,他觉得自己恨的人太多了。

平安放低了喝粥声,老刺猬和往常一样,吃了一半粥、一半饼,就说饱了,不吃了。唐寡妇没等他们吃完,就拿了半碗粥和半块饼走了。平安第二个吃完,李不安最后吃完。他吃完以后,也不刷锅刷碗,就躺到炕上去了。老刺猬说:"今天谁刷碗?"平安急忙站起来朝灶边摸过去。李不安说:"今天不洗碗。今天谁都不要洗碗。"

老刺猬叹口气,说:"不洗就不洗吧。碗不洗又不会烂掉,让老刺猬猜猜,你为什么哇哇大哭,你是想你娘了。"

"不想。我恨她。"李不安说。

"……做儿子的恨娘。"

"她做了一件不好的事……她跟孙二爷睡觉,人家都说我不是我爸爸养的,是孙二爷养的。孙二爷有什么好,孙二爷是个坏人。"

"原来是件小事……你娘做错了一件小事。这么说你非常恨她,你肯定已经报复过你娘了,老刺猬这么猜不知道对不对?"

李不安从床上坐起来,一五一十地诉说起来:"我跟张小明去烧孙二爷的草堆,没烧成。这是一件事。我在路上挖个坑,里面装满大粪,结果我妈掉下去了。这是第二件事。我离开家,这是第三件事。我永远不想回去了,这是第四件事。"

老刺猬说:"你给我说说你妈的好处。"

李不安说:"她的好处多得说不完。"

"那你还不想她?"

"不想。"

老刺猬若有所思地说:"你不想你的娘,我想我的娘了。"

老刺猬领着平安和李不安到乡下去看他的娘。老刺猬一路哼着小曲子,显得特别高兴。快到的时候,老刺猬紧张起来,告诉平安和李不安:

"你们见了她老人家,一定要先喊奶奶,然后跪下来磕头。磕得越响越好,磕好头就走到她身边,让她摸摸脸——她也是个瞎子。"

李不安想,我一路走过来,磕了多少头。见了个瞎子也要磕头。他悄悄地摸了一小块砖头捏在手心里,准备作弊。

老刺猬的老娘住着两间草屋,他的大姐长年侍候在旁边。两间草屋子拾掇得干干净净,老刺猬的老娘坐在炕边,一只手拄着拐杖。

"老刺猬,"她叫道,"你带了什么东西来?"

老刺猬说:"给你老人家带了两个孙子回来。平安、不安,两个人快磕头。"

李不安和平安跪下来。李不安想,这屋子很黑,两个瞎子,老刺猬的眼睛只顾看着老太婆,现在不作弊什么时候作弊?

他低下头,把捏着砖头的拳头放在头边,磕头的时候,一磕,砖头就在地上一响。

老刺猬的娘紧张起来,侧着头仔细辨认声音:"这是什么声音,谁的头这么硬?我怎么认不出这是脑袋碰地的声音?"

老刺猬说:"快给奶奶摸摸脑袋。"

老刺猬的娘摸着两个孩子的脑袋,赞许地说:"果然硬,怪不得声音那么脆。"

老刺猬说:"两个人饭量大呢,给他们吃饱还是件不容易的事,再没有多余的钱给您老人家买东西了。"

老刺猬的娘说:"不说这个了。我不要你的东西,你到河里去摸两条鱼给我吃吃,这两天我一心里想着吃鱼,可好,你撞上门来了。"

老刺猬嘿嘿地笑起来,说:"娘今天特别高兴,往常儿子回来,不是打就是骂,就像跟儿子有深仇大恨似的。娘要是一直这样高兴多好。娘一直这样高兴,儿子在远处一想起来,也会高兴,再苦再累也不觉得了。"

老刺猬带着平安和李不安来到一条河边,这河边稀稀落落地站着几根芦苇,一阵冷风吹来,河水泛起涟漪,涟漪追赶着跑到芦苇边上,变化成一个一个颤抖着的小水圈。

老刺猬说,这条河,不大不小,不清也不浑,有鱼。

他脱了鞋袜,脱了衣服,只剩一条短裤,就要下河去。他大姐从远处一路叫喊着,挥着手,跑来了。

"老刺猬,你等等。"她上气不接下气地说,"三叔家有鱼,我和三婶说了,今天拿过来给娘吃,等有钱,再买两条还给他们。"

老刺猬问:"三叔家的鱼是不是要死了?"

老刺猬的大姐说:"是死的。早上赶集时买的,想留到中午吃。中午没吃,就留作晚上吃了……放在地上,不死,变成鱼仙了。"

老刺猬说:"不行。娘的嘴特别厉害,死鱼活鱼,一尝就知道了。她今天高兴得很,我们别扫了她的兴致。娘一辈子辛苦,做儿子的下河摸两条鱼算什么事?"

老刺猬的姐姐在岸上坐下来,喃喃地说:"穷在债上,冷在风上……今天的风够冷的。要不我到人家去借一身水衣给你穿上?林疤子家里倒是有一身水衣,但是我实在怕他家的狗,他家的狗上次在于六嫂的腿上咬了一口,于六嫂也是去借水衣的,被狗咬了一口,还没借到。"

老刺猬轻轻说:"大家都别说话,我闻到鱼的味儿了。这水一点都不冷,我索性摸它个七条八条。两条给娘,余下来的每人一条……"

在岸上的三个人屏住气,坐等老刺猬摸鱼上来。老刺猬摸到一条鲫鱼扔到岸上,平安摸摸活蹦乱跳的鱼,手一缩,说:"这鱼的身上是冰冷的。爹,爷爷,老刺猬……你什么时候回岸上?"

老刺猬不回答。

李不安说:"爹背上的肉筋直打哆嗦。"

一会儿,平安又问:"什么时候上来?"

李不安说:"快了。瞧,又摸到了一条。"

第二条还是鲫鱼。老刺猬把它扔到岸上,它一边蹦跳,一边张着嘴想说什么话。

李不安对它说:"你想说什么话?你肯定想说,我真是个笨蛋,我被老刺猬抓住走不了啦……我李不安也走不了啦,我不是被老刺猬抓住的,是我抓住了老刺猬……我一定要走。"

老刺猬把手里的竹竿狠狠地砸向水面,他有点着急了,东砸一竿子,西砸一竿子。他有点累了,双脚踩泥的速度越来越慢。

"李不安,你说什么?你要走……好得很!少了一张嘴,我老刺猬心上就松了一松。"老刺猬喘着气说道。

老刺猬一共摸了两条鱼,四个人,带着两条鱼回家。老太太拄着拐杖,站在门口,听见他们的声音,就说:"你们干什么来?你们回家去。我不爱看见这么多人。"

老刺猬的姐姐说:"妈也看得见人?"

老太太举起拐杖打了老刺猬一下:"我怎么看不见人?这是老刺猬。你来干什么?还不回你的家去?"

老刺猬讪讪地提了鱼到一边去。

"不安,过来。看我杀鱼,学着点。"他说。

李不安走过去蹲下,看老刺猬刮鱼鳞、剖腹、去胆,又看老刺猬把鱼放到锅里熬汤。然后连鱼带汤地盛了一大碗,端到老太太面前。

老太太说:"你先放在桌上,你去切点生姜丝来,切好生姜丝再给我煮半只萝卜来。生姜丝要切得细,萝卜煮得烂烂的。"

老刺猬做好这些事情再回到老太太身边,老太太把鱼吃完了,把汤喝光了。碗边一堆骨头,碗纹丝不动,还在原来的位置上。

"娘吃完了?"老刺猬说。

"一条鱼……吃得快。"

"两条鱼。"

"真是两条鱼?"

"真是。不安,你看见老刺猬摸了几条鱼?"

李不安从外面进来了,里间闹嚷嚷的,他觉得好奇。

"爹、爷爷、老刺猬……你一共摸了两条,清清楚楚我们都看见了。你杀了两条鱼,又煮了两条鱼……一点不错,两条鱼从河里取出来,又从锅里取出来,我都看见了。"李不安说。

老太太说:"哦,真是。不安,你真是个好孩子,你不说两条鱼,我还真以为是一条呢……那么为什么我就吃到了一条?明明是两条鱼,我就吃掉了一条,谁吃掉了另一条?"

老刺猬说:"娘你吃了两条鱼。"

老太太说:"我吃了一条鱼。"

李不安看见了一堆鱼骨头,说:"让我瞧瞧鱼骨头,一瞧,我就知道奶奶吃了一条还是两条。"

李不安刚跨上一步,老刺猬伸手严厉地抓住了他。老太太侧耳听着动静,突然放声大哭:"我儿子不孝,每次烧鱼的时候,老是吃掉一条。我哪里吃得了两条鱼?明显是我儿子不孝,自己吃了,赖在我头上。"

老刺猬跪下双腿,说:"娘你摸摸,儿子跪下了。儿子不孝,确实是我吃了一条。娘骂得对，儿子明天再去摸两条鱼来。"

老太太止住哭泣，冷着脸不说话。

李不安小声说："奶奶吃了两条。"

老刺猬呵斥道："胡说。"

"两条。"

"一条。"

"两条。"

老刺猬恼了："我揍你个小王八蛋。"

老太太快活地嚷嚷："该揍该揍。"

回去的路上，李不安赌气走在前面不理老刺猬，他撅着嘴，步子甩得很开，两条手臂也甩得很开。这样走了不一会儿，他的肩膀那儿就酸了，脚后跟也酸了，嘴也酸了。但是他努力维持着这些姿势，已经走了很长时间了，老刺猬也该说话了。

果然老刺猬立刻说话了。

"不安，你这口气赌得这么长？"

李不安说："长着呢，没个完。"

老刺猬说："我没揍你……我真应该揍你。幸好老太太没再哭出来，她如果听了你的话，想不开，再哭起来，我就揍你：老太太不能多哭，她的眼睛就是哭瞎的，说是瞎，其实还透着一点光，还能看见太阳，看见红颜色跟绿颜色，要是再哭，一点光都不透了。"

平安说："我也透着一点光。有太阳的时候，我看见的人都是一团光。"

李不安软下来,他的嘴不撅了,手和腿也不甩了。

"是吃了两条鱼。"他说。

"老刺猬知道,老刺猬也撒了谎。你看不起老刺猬了?难道你就不弄虚作假?你把砖头捏在手心里当磕头声音,你以为我没看见?老刺猬不拆穿你的把戏,因为老刺猬想,又要你磕头,又要你磕出声音,确实为难你们。作弊就作弊吧,这不是什么了不得的事情。"

李不安撅起嘴,这次他是难为情。

他说:"爹,奶奶像是不爱见你。"

老刺猬说:"爹的父亲——就是你爷爷,年轻时吃喝嫖赌,把奶奶一份家业败光了。这不算,你奶奶一共生了五个孩子,四个闺女,一个儿子。四个闺女被你爷爷卖掉三个就剩老刺猬的大姐。后来你爷爷变卖了家里最后一点家当,走了以后,再也没回来。奶奶就整天哭,把眼睛哭瞎了,开始恨丈夫。老刺猬的声音特别像你爷爷,所以你奶奶一听见我的声音,心里就不舒服,就要找事情闹。不安,万事都有由头的,就像水有源头,不能光看表面。你看河上面风平浪静,什么事都没有,河下面什么事情没有?"

李不安说:"爹,您老人家是在教育我,我听懂了,万事不能光看表面……"

老刺猬赞叹道:"不安真是个聪明的孩子,将来有大出息,就是心窄了一点。这也无妨,将来成了男子汉大丈夫,心自然就宽了。"

李不安说:"我什么时候成男子汉大丈夫?"

老刺猬说:"等你喜欢女人的时候。"

瞎子平安说话了,他一直跟在李不安后面,深一脚浅一脚地追着李不安,他的鼻尖冒着油汗,脸蛋红红的。

"爹一句话都没和我说。爹偏心。李不安聪明,难道我就不聪明了?我会写的字比他多,我写的笔画比他好看。爹说喜欢女人就是男子汉了,那我现在就是男子汉了……我喜欢月香,我就是喜欢月香,一点不假。"

第十三章

　　李不安说:"有一件大事要告诉你。"

　　老刺猬说:"什么大事?杀人、放火、偷盗?告诉你,任你是什么大事,到了老刺猬这里,也化成小事一桩。老刺猬的大事就是让你们两个人吃饱,教平安写一手好字。"

　　李不安抖着声音说:"在火车上……有一个女人,叫章四瓦。她让我坐在她旁边,给我吃东西。她把我叫到厕所里,叫我脱光我的裤子……"

　　老刺猬和平安一起放声大笑。平安问:"脱光了裤子,冷不冷?冷不冷?"李不安惊魂未定地讲:"不冷,不冷。"老刺猬忽然地打个喷嚏,又打了一个,说:"快走吧,我觉得冷呢。"

　　三个人深夜里走到家里,老刺猬一头倒在床上不动了。李不安说:"爹,你一路上打喷嚏,估计是感冒了。不安给你烧一碗姜汤喝下去。"

　　李不安烧好姜汤,端到老刺猬床边。老刺猬用一只手撑坐起

来,咕噜咕噜地喝干净。喝完了,像才想起似的,问李不安:

"你说那个女人叫什么?章四瓦?"

李不安说:"是。她就是叫章四瓦。"

"以后一个人乘火车小心点,火车上什么人都有。有杀人犯、人贩子、吸毒的、嫖客,还有一些女人,专门在火车上找男人,采阳补阴。"

"爹,啥叫采阳补阴?"

"你是阳,她是阴。她采你,补她。"

"原来我还能补人?"

老刺猬舒开满脸皱纹,裂开嘴巴笑了。老刺猬不生病的时候,满脸皱纹是褐色的,他一生病,褐色的皱纹蒙上了一层灰色,他喝了一碗姜汤,感觉也没好起来,脑袋越发昏沉沉,昏沉得头颈都支撑不住了。他的手脚冷得像冰块一样栽倒在枕头上,牙齿开始打战。他看见李不安还站在床边,心里有千言万语叮嘱这个少年,不知从何谈起。

"不安。"他轻轻地唤道,"明天开始起你必须多做一点活,捡煤跟割草赚不了多少钱,你到庄老头家里去借几斤花生到火车站摆个地摊,卖得好不好,全看你的命。"

不安说:"是。"

过了一会儿,李不安爬上老刺猬的床,睡在老刺猬的脚边。说:"爹,我看你冷得全身发抖。我睡在你的脚后跟,你把脚放到我怀里,不安给你暖暖脚。"

李不安搬起老刺猬的双脚,揣到自己的衣服里面,一直焐到天大亮。

老刺猬起来吃早饭了,他显得精神很好。一边喝粥,一边笑着说:"李不安把老刺猬我的臭脚焐了一夜。老刺猬是采阳补阳。"

吃好早饭,老刺猬带着李不安往镇的西边走,走到镇的尽头,几间大瓦房屋,老刺猬喊起来:"庄老头,庄老头。"

屋里一个声音嗡嗡直响:"你进来就是。"

李不安跟着老刺猬进去一看,只见屋里到处堆放着生花生。老刺猬说:"花生多少钱一斤?"庄老头说:"谁要?你要?八分钱一斤。"老刺猬说:"这是我干儿子,赚点路费到青岛去。你和我老刺猬做生意,肯定是蚀本买卖……五分钱一斤……先赊五斤。"

老刺猬在庄老头家赊了五斤熟花生,回去放在一只竹篮子里,李不安拎着竹篮子到火车站去了,从此就在火车站外面叫卖花生。花生卖一毛一分钱一斤,人家要是一下子买两斤的话,就卖一毛钱一斤。李不安喜欢做这件事,他的耳朵里成天听着火车的鸣叫,心就像风口里的一枚树叶,活泼泼地动。

第一天,他把五斤花生全卖完。老刺猬给他算账:"五斤花生,本钱是五分钱一斤,一共是两角五分钱,你卖了五角五分钱,净赚三毛钱……你一天赚三毛钱,了不起。你把两角五分钱还给庄老头,再赊五斤熟花生……你记住了,再赊五斤。你赚的三毛钱,老刺猬给你存着。你要是每天赚三毛钱,一个月就能挣九块钱。现在是十月底,到春节还有三个月。三个月里你就有了二十七块钱。你就能到青岛,还能从青岛回家。当然,你的钱是不够的,不要着急,老刺猬会借给你一笔钱,你记着还我就行。"

老刺猬又躺倒了,他不停地咳嗽,连烟都不能抽了。李不安独自到老庄头那里去赊了五斤熟花生,老庄头教他这样吆喝:"花生!花生!今年的新花生,喷香的新花生!"现在,老刺猬躺倒了,李不安必须承担这个新家的许多事,到了晚上吃过晚饭以后,平安站在李不安后面,扶着李不安的手,教李不安写字。老刺猬就躺坐在床上一边咳嗽,一边看着他们笑。

李不安学会了写"陶二三,"还学会写"东方一片红旅馆"。平安认为他一定要会写"到此一游"这四个字,就教李不安写"到此一游"。写好以后,还把"到此一游"纸粘在竹竿上。这就招来了别人的笑话。

"平安,你想到什么地方去呢?"

平安理直气壮地说:"北京天安门。"

李不安教平安:"你就说到巴黎、伦敦、开罗,吓死他们。"

平安想了一想,拒绝了:"不,我不到外国去,那些地方太远。一去就要好几年,耽误我学字。再说那些地方,没有一个姑娘长得像月香那么好看。"

李不安说:"你怎么知道月香长得好看?"

平安笑着,有些腼腆:"我猜。"

李不安狠狠地说:"我猜?月香一只眼睛斜着,脸上麻子,鼻孔朝天。"

平安还是腼腆着:"那又怎么样?我不会嫌弃她。"顿了一顿,问:"月香是斜眼、麻子、鼻孔还朝天?"得到肯定的答复,他心神不定起来,说:"那她的毛病比我多……我不过就是眼睛瞎……我要考虑考虑,我以为她美得跟天仙似的……"

有一天,车站里出来一个大汉,站在门口立定,四处一张望,直奔李不安。他把李不安的篮子拿在手上掂量掂量,从篮子里拿几个花生用手指碾碎壳,放到嘴里,夸奖道:"好香好香。"

李不安想,这个人一定会武功的,他碾花生壳的样子就像抹去一滴水珠子。

大汉问:"叫啥?"

李不安说:"叫你爸。"

大汉一伸手捏住了李不安的脖子,问:"疼不疼?"

李不安说:"疼是你爸。"

大汉手上加了点劲。李不安说:"疼、疼。"大汉连忙放开手,继续吃花生。一边吃一边打量李不安,说:"这地方我来过多次,从来没看见过你,你长得不像这个地方的人。这地方的人都长得灰头土脸,眼睛里头雾蒙蒙的。你这孩子细皮嫩肉,眼睛贼亮,印堂开阔,额部丰隆。我会看相,你这孩子一副富贵相,怎么提了篮子在这里叫卖花生?"

李不安说:"我家里一个生病的爹,一个瞎子弟弟……"

大汉说:"你不肯讲实话。那好,我也懒得多问。你把这些花生统统卖给我。几斤?"

"三斤七两。"

"多少钱一斤?"

"一毛一分。"

"我给你二毛一斤。三斤七两,七毛四分。让我看看,口袋里有多少钱……这一块钱统统给你。你这篮子给我吧,我没东西包这么多花生。你不必谢我,我一看,就知道你是贵人遭难……我也是,咱们同是天涯沦落人,我也是落难的贵人,我们互相照应是应该的……你看我像不像贵人?"

"像。"

"当然像,我就是个贵人……我把自己当个贵人,所以我老做好事。"

李不安摸着口袋,盘算:一块钱,加上前面卖得一毛四分钱,一共是一块一毛四分钱。还掉老庄头的两角五分钱,剩下来八毛九分钱。这一天就赚了三天的钱。如果每天都像今天这样,用不了三个月,我就可以上青岛,再回家去。或许还能给平安买一身过年的新衣服,给老刺猬买一瓶酒。

李不安脑子有点糊涂了,他独自恍恍惚惚的,把这笔账算了又算,算了又算。他是朝庄老头家里去的,这是个小镇边缘的地方,住着一些农户,草堆边的鸡消消停停地用爪子刨着土,寻食吃。李不安看见鸡,眼睛一亮,冷不防一把抓住了一只小母鸡,两根手指卡住小母鸡的脖子,让它不能出声,然后,把它朝怀里一搂,头也不回地走了。

他走到菜场上,看见一个小女孩也抱着一只母鸡,蹲在角落里。他坐到女孩的边上,紧紧抱着鸡,喘了一阵子,慢慢定下神来,先伸出左腿,再伸出右腿,最后,大大地叹了一口气。那女孩问他:

"你这只小母鸡卖多少价?"

"不知道,你这只老母鸡卖多少价?"

"我妈叫我卖三角五分一斤。"

"那我就卖三角一斤。我这只母鸡比你的小多了。"

两个人把怀里的母鸡抱出来,让两只母鸡头碰头地认识一下。小女孩的老母鸡"咯"地打了一声招呼,李不安的小母鸡赶紧呼应二声:"咯咯。"两只母鸡都长得十分漂亮,毛色油光水滑,老母鸡的羽毛像成熟的麦子那么黄,头上洒着芝麻大的黑点点。小女孩说:"我家老黄一天下一个蛋,我弟弟病得厉害,只好把它卖了,我想卖四角钱一斤,等了半天也没有人要。"李不安的小母鸡是灰白色,一色的灰白,没有一丝杂色,眼睛眨也不眨地看着来来往往的人,流露出不出门的天真,不像小女孩的老黄,见多识广地昂着头,有节奏地眨着圆眼睛,对周围的东西有些不屑一顾。

李不安说:"既然你的母鸡叫老黄,那我的就叫小白。小白下不下蛋我不知道,它是我偷来的。"

小女孩身体一缩,露出害怕的样子:"你开玩笑吧?我有个表哥经常开这种玩笑,老说他的什么东西是偷来的,什么东西是偷来的……"

李不安说:"你看,我跟你说实话,你怎么不相信?我看你表哥和我一样,也是个小偷。"

女孩叹了一口气,决定原谅李不安:"你为什么偷?我偷过人家晒在架子上的山芋干,除此以外,我没有偷过任何东西。是不是你家里有人生病了?"

李不安想起老刺猬,心里一酸,掉下眼泪:"我爹病了,不停地咳嗽。叫他去看病,他说不妨不妨,就是下了河受了凉,每天喝两大碗姜汤就好了。"

两个人说话的当口,有个妇人把小女孩的老母鸡买走了。妇人把老母鸡倒过来提在手里,老母鸡不失风度地转过眼珠,稳稳地瞄了小女孩两眼。小女孩追着妇人说:"我家老黄,一天下一个蛋。"妇人停下来,说:"哦。"又走了。

小女孩也要走了,她告诉李不安:"我住在北边的马家庄,你走半个小时就到了。我叫好香,我妈生我时,闻到一股什么味道,就说,好香好香,我生下来,就叫了'好香'。你是这镇上的人,我一看就看出来了。你若是还想着我,你就来找我,你叫什么名字,你来的时候告诉我。你若是不来,我知道了也没意思——我没有工夫来镇上找你。我得烧饭、洗衣裳、喂猪、割草……"女孩走后不久,李不安的小白也给人买走了。公秤上称得小白是二斤八两,三角钱一斤,小白的卖身钱是八毛四分钱。这时是下午三点了,菜市场里人头寥落。冷风从大棚的四周围吹进来,卷起一阵阵尘土。太阳惨白着脸,像是呵不出热气的模样。

第十四章

　　李不安从菜市场回家的路上,又盘算开了:卖花生得八毛九分钱,卖小白得八毛四分钱,一共是一块七毛四分。

　　从狭窄肮脏的街道上走回家,远远看见河边那座矮小的破烂的房子,心里一动,从口袋里数出八毛四分钱,放到左手的裤袋里。

　　老刺猬还在床上躺着,一声一声地咳嗽,几天下来,他的脸颊凹了进去,颧骨外却泛着润泽的潮红,有时候他咳嗽得实在厉害,潮红就变成没有光泽的褐红,像被火吞燎了一下。这时候,他的眼睛就变得分外明亮,亮得教人害怕。

　　"不安,今天卖了多少钱?"他迎着李不安问了一句。

　　李不安想都没想这句话有什么不对,顺口答道:"八毛四分。"

　　"八毛四分?就这么点?你那只小母鸡才卖了多少钱?我怎么算不过来?"

　　李不安这才知道老刺猬都知道了,他右手掏出八毛九分钱放到桌上,左手掏出八毛四分钱也放到桌子上。他说:"这边是花生钱,那边是小白钱。"

"小白,哪个小白?"老刺猬问。

"就是我顺手牵走的那只小母鸡。"

"李不安,我问你,你难为情不?"

"不难为情。"

"我看你难为情。"

"不难为情。"

"难为情。"

李不安一屁股坐到凳子上哭起来。他今天已经哭过两次了。

老刺猬说:"这只鸡是庄老头后面那家人家的。人家叫王彪,也是一个好汉子。人家看见你抱着鸡走了,就在后面跟着你,一直跟到菜市场,又在你旁边看着,看着你卖了小母鸡,就先到我这里说了这事。人家嘿嘿地笑,在我这里笑了半天,人家笑你傻。"

李不安猛然想起一个青年男人,就站在他的左边,脸上笑吟吟的,一副得趣的模样。

"那人叫王彪,记住了。你去还了这钱。你要叫人家王彪叔。快去快回,回来烧晚饭。"

李不安找到王彪家,站在人家门口,叫:

"王彪叔。"

有人在屋里答应:"谁啊?进来。"

王彪坐在堂屋的桌子前面,隔着桌子,看见李不安走进来,就笑了,说:

"你来干什么?"

李不安说:"我来吃晚饭。"

王彪手一伸,说:"好极了!坐下来。你我先说会儿体己话,我叫我女人快点烧晚饭……桂花,快点烧晚饭,家里来客人了,不要叫人笑话,动作利索点,像我女人的样子。"

那个叫桂花的女人在外面回答:"你娶了我桂花,算你交了好运。你看这一个镇子上,谁有我桂花这么手脚利索?谁?你去找找看,找到了我就让位。"

李不安坐下,一条手臂端端正正地放在桌子上,目不转睛地看着王彪。他想,这世上,有孙二爷那样的坏人,也有王彪这样的好人。为什么说他是好人呢?因为他李不安偷了人家的鸡去卖掉,人家还这么给脸。

于是他恭恭敬敬地开口说道:"王彪叔,你门口的庄稼长得不错。"

王彪笑吟吟地回答:"那不是我的地。"

李不安端端正正地坐了一会儿,听见厨房里传来炒菜的声音,咽咽口水,想:还是回去吧,平安和老刺猬在家里等着我烧饭给他们吃呢。这么一想,站起来,对王彪说:"今天就不吃饭了,以后再来。我把钱还给你。"

遂从袋里掏出八角四分钱放在桌子上,头也不回地走了。王彪在后面笑着说:"不错不错,我白赚了这么多钱,本来这只鸡也要吃掉了。"

李不安回去烧好玉米粥,唐寡妇来了。李不安今天有些恼火:芦柴有点湿,经常烧不着,他老是凑到前面去看,脸上被火熏痛了。唐寡妇一来,就像往常一样,抹干净桌子,放上三双筷子,切一碗咸菜放在桌子当中。然后盛粥。三碗粥放在桌子上。

李不安对唐寡妇说:"以后你不要来了。抹桌子、放筷子,这些事情我也能做。"

唐寡妇脸一红,叫起来:"你在跟谁说话呢?你在跟我说话吗?你这孩子……这家里可不是你做主。"

李不安说:"病的病,瞎的瞎。现在这家里就是我做主。"

老刺猬在床上咳嗽起来,不过他什么话也没说,只是一个劲地咳。唐寡妇去端了一碗水,走到门口,冲着李不安骂道:"病的病,瞎的瞎,小猴子就'和尚打伞无法无天'了。你倒会替老刺猬省米。"

唐寡妇有四个孩子,大的十五岁,小的才五岁,她一进门,五岁的孩子就问:"粥呢?饼呢?"上来吊住她的腿,她掀开腿上的孩子,爬到床上,在褥子下面东翻西找,终于找到一个小油纸包,高兴得什么似的,拿了油纸包,一转身,又到老刺猬家里去了。

她坐在老刺猬的床边上,一层一层打开油纸包,对老刺猬说:

"去年秋,我到我表姐家里去。我表姐说,没啥送给你,又不能送你吃的,又不能送你穿的用的,送你一个治咳嗽的偏方吧。这是枇杷叶子晒干了,碾成的粉,专治久咳不愈,这可是好东西。我们这里没有这样的好东西。不安,你倒点水来,让老刺猬就着水吞下去。说不定明天咳嗽就好了。"

唐寡妇喂了老刺猬枇杷叶子粉末,又对李不安说:"不安,你把粥端过来,我索性把粥喂了他吧。"

老刺猬说:"你端回去给小四吃吧,我不想吃。"

唐寡妇说:"不行,生病的人,最怕不吃东西。不吃东西,等于雪上加霜。"

老刺猬很听话地说:"那就吃吧。我吃东西的样子很难看,我妈总是说我吃东西的样子像一头牛,下巴就像拉磨似的。"

唐寡妇喂了两口,"扑哧"笑了一声,说:"是像拉磨的样子,你妈肯定是个聪明人。"

李不安和平安也笑了。

老刺猬吃了一半,说:"不吃了,肚子胀得难受,唐寡妇,你拿走吧。不安,你给你唐婶拿一块饼。"

李不安拿起一块饼,对唐寡妇说:"你接着。我扔得不准,不要掉地上了。"

唐寡妇放下碗,双手并在一起,慌忙得脸都白了。

李不安作势要扔:"——接着。"

唐寡妇说:"哎哎。"

李不安"呼"地一声扔出玉米饼,不偏不倚,砸在唐寡妇的怀里。唐寡妇拿到饼,心定了下来:"哎,跟老太婆开玩笑呢。不安,你还算是个善良孩子。"

走了。

老刺猬说:"不安,你过来,我有话对你说……你是看不起别人呢。"

李不安回答:"是。"

老刺猬问平安:"你是不是也看不起别人?"

平安说:"我不知道。我是个瞎子。"

老刺猬说:"人家也是迫不得已的……这样做,也就是像要饭一样。人家有四个孩子,四个孩子都张着嘴跟她要吃的,她是个了不起的女人。她那大儿子是她哥嫂遗下的,她哥嫂饿死了,二闺女是她干姐姐的,她干姐姐得病死了。第三第四才是她亲生的孩子……家里有这几个人上门要讨粥,应该高兴才是。人家为什么上你家讨粥,不上别人家讨粥?说明她信任你,她认定你和她一样,是个好人。"

李不安小声地说:"爹,我懂了。"

平安说:"爹,我也懂了。"

天陡然冷了,风紧绷着,就像一根根钢丝,它们刮过房屋、树丛、河流的时候,带着金属般坚硬的嗖哨声。天地都是灰灰的没有光彩的模样,视觉在单色调中变得慵懒而疲乏。一只猫在河边踱着步子,风把它的毛吹得奓立起来,它好像不知道——不知道风的冷,也不知道风的无理,只顾安闲地踱着步子,不时低下头嗅嗅泥土。

李不安说:"这是裁缝孙大头家里的猫,这是一只饿猫,老想窜到人家家里去拖点东西吃吃。"

老刺猬在床上说:"唉,等一会儿你们都走了以后,它会不会窜到我家把我拖出去吃掉?"

老刺猬自从下水摸鱼以后,受了凉,一直咳嗽,额头经常是滚烫的,肚子上、腿上也是滚烫的。他想:"娘啊,儿子如果今天给你下水摸了鱼,不用放在锅里煮,放在儿子额头上,片刻就熟了。洒上盐,抹点黄酒……啊!一条好香的鱼。"

李不安和平安走了以后,唐寡妇来了。老刺猬昨天晚上叫她过来商量事情——商量给李不安添一件棉袄的事情。

"平安有旧棉袄穿着,不安没有。"他说,"你给算算,要几斤棉花、几尺布?做工多少?你做着。你做着我放心,镇上那个裁缝孙大头,不提也罢。你抓紧做,让我能看着他穿上身。"

唐寡妇哭起来:"你这是什么话?你还能活上四十年。"

老刺猬缓缓地摇摇头:"四十年?太多太多了。四十年……这种日子?太多了。"

李不安拉着平安,到隔壁去,高高兴兴地让唐寡妇量尺寸。

唐寡妇不用木尺也不用皮尺，张开五只手指头，在他的身上东量量，西量量，最后说："好了。"李不安拍拍自己的衣服，对唐寡妇说："你可要抓紧着做，别像给老刺猬做鞋子，做了两年还没有做好。"平安说："我每天都要过来看看。"

棉花和布堆在一起，看一眼都觉得温暖。

老刺猬总是对自己说："你命大，死不了呢。咳一阵也就过去了，发热算不了什么，轻轻地撑一撑，也就过去了。看医生、吃药、打针，那都是骗人的，白浪费钱。不安和平安等着用钱呢。"

但是这一次老刺猬感觉不大妙，他觉得身上越来越烫，每天都增加一点烫。他对自己说："老刺猬的额头上，现在能烤熟一条大鲤鱼。"除了咳嗽，他还喘得厉害。镇上有一个卫生所，里面的乔医生认识老刺猬，他走过老刺猬的家门口听见咳嗽声，就站在门口说："老刺猬，我是乔医生。我听见你咳了十来天了，你到卫生所去挂个号，看看。你吃了什么药没有？"

"没有。我什么药都没吃，以前也这样咳过，咳了一个月呢。"老刺猬慌忙说。

乔医生说："我不是非要你花钱不可，我听你咳嗽的声音不对，不要转成肺炎了。你有没有温度？"

"有。额头上烫着呢，能烤熟一条鱼……今天能烤熟一只鸡——一只三斤重的鸡。"

"老刺猬，我要上班去了。回头我给你带点消炎药、咳嗽药水、退热药，不过不要和别人说，一个人都不能说，你一说出去，这一镇上的人马上就会知道，都会说我乔医生拿了公家多少药品，那么多的嘴巴传来传去，传到后来我乔医生就是个大贪污犯。"

乔医生下班的时候，给老刺猬带来了消炎药、退热药、咳嗽药水。老刺猬吃了一天，感觉好了点，就从床上撑起来。对李不安说："不安，老刺猬托你一件事情，你去办。办得成就办，办不成就回来……镇上那个裁缝孙大头，四年前，他在镇上租了一间门面房，开个裁缝店，以前他只在镇东边靠乡的地方做活。他说要买一架好的缝纫机，来求我。我就借给他十块钱，没想到他就此不还了，老刺猬从来不会对付耍赖的人，老刺猬可怜他，一个男人，为了十块钱老是耍赖。老刺猬厌恶他，在路上碰见他总是调头就走，理也不理他。"

李不安说："孙大头家里有只猫。"

老刺猬说："一只老猫。"

李不安说："一只老是吃不饱的猫。"

李不安站在孙大头的裁缝店门口，从门口望进去，只看见孙大头黑乎乎的身影像一座塔，立时就觉得矮了三分，气也短了三分。他想，可不能给敌人知道这些情况。他装作若无其事的样子跨进裁缝店。裁缝店也就是一间土屋子，一扇门，一扇窗，李不安从太阳底下走进去，眼睛一黑，什么都看不见。

"孙大头，我来了。"他说。

面孔黧黑肥胖的孙大头在案板上裁衣服,闻声一愣,旋即转过身来。

"你是谁?谁叫你来的?"他气势汹汹地问。

"我爹老刺猬在家里病着,他叫我顺便来问问你,你欠他的十块钱什么时候还?"

孙大头咧咧厚黑的嘴唇,轻描淡写地作答:"早就还他了。难道借给人家钱,就要收了一次又收一次吗?这样你们不是要发大财了吗?以后我也这么干,不用当裁缝了。"

李不安说:"孙大头,你想把我活活气死吗?"

孙大头接着说:"我若是有钱,再给你十块八块的,就当是救济。但是我没钱,我是个穷裁缝,我家那只猫都吃不饱。咪咪,过来,看看我们多瘦,可怜的东西。"

李不安一步从屋里跃出来,一面作好逃跑的准备,一面大声叫起来:"你家的猫瘦,可是你胖。你胖得像一只大肥猪。喂,你们快来看,大肥猪欠债不还。"

围了一群人上来。

孙大头从屋里踱出来,他的猫也从屋里踱出来,人和猫踱出来的样子有点相似。

孙大头仰天打了个哈欠,伸伸懒腰,突然动动手,又动动脚,呼哧呼哧地在门口练起了武功,一套武功练下来,有人对李不安说:"卖花生的小孩,你还有什么话说的?人家会武功,瞧,人家不揍你。"

李不安给自己找个台阶下,说:"他要是想赖,早点说,我就走了,何必拳打脚踢的,等会儿拿剪子裁布手肯定是发抖的,就像生了麻风病一样。"

李不安在回家的路上,心里酸酸的。老刺猬的病不知道什么时候好,他自己不知道什么时候能上青岛。

在路上遇到平安,平安认真地在垃圾堆里东戳戳西戳戳,仔细地分辨每一件声响。他听见李不安的脚步声,脸色一喜,转过头去。

"孙大头还了几块钱?"他问。

"一分都没有。"

"他骂你了。"

"没有。"

"那我们就白白丢掉十块钱了?好人真是不能做。我以后不想做好人。"

"混账。"李不安骂道:"爹是怎么教育你的,我告诉爹去,让爹问问你,不做好人想做什么人?"

平安用袖口擦擦鼻涕,说:"上次我在街上,碰到一个瞎子,老瞎子想收我为徒,跟他一起在火车上偷钱……老瞎子说,瞎子偷钱,天经地义,别人还不敢碰你,因为你是瞎子。一年下来,吃穿不愁。"

李不安温和地说:"偷钱,我也想过……那都是小偷干的事,不是我们干的事,我们会写字呢……"

平安说:"那个老瞎子也会写字。"

李不安声音又严厉起来了,他现在俨然是当家人:"平安,回去。以后再不许说这些话……丢人现眼。"

平安紧张地拎起篓子,亦步亦趋地跟在李不安后面回去了。

有一天夜里,老刺猬身上的温度突然又升高了,他觉得整个人像一块铅一样,沉甸甸地往床下沉,床在他的重压之下,变得无限的柔软,无限的纤薄。他失声叫喊起来,李不安从他的床边过来了。月光在窗户纸上的破洞里透进来,他仿佛看见李不安的头上顶着一圈毛茸茸的月光,慢慢地移过来。他轻轻地叹了一口气。

"爹,你怎么啦?"李不安伸手摸摸老刺猬的头,吓得一跳,把手拿开了。"你烫得要命,吃两粒乔医生的药吧。或者上医院看看。"他说。

老刺猬沉重地摇摇头,他喘得像在拉风箱。

"今天是几号?"他问。

"十二月十六号。"

"还有一个多月就过年了……今年过年,只有你跟平安两个人过啦。老刺猬对不住你们……老刺猬要到那边去了……"

李不安大叫起来:"平安、平安,快过来! 爹要死啦!"

平安睡得昏昏沉沉地,只听得"爹要死了"来不及地就哭了起来。老刺猬喘着说:"我还没有死呢,不安,你是个好孩子……你想办法回你父母身边,你能回去。平安,你以后就只能在这镇上要饭了。可惜不知道你父母是谁……就是知道,也没有用。"

平安摸到老刺猬旁边,痛心疾首地说:"爹,你说过的,我学会了写字就不会再要饭了。"

平安放声大哭,李不安跟着哇哇哭叫起来。隔壁的唐寡妇在睡梦里醒来,听见平安和李不安的哭声,以一个女人的直觉,感到老刺猬活不过今夜了。她抓起棉袄披到身上,一边扣纽扣一边啜泣,棉袄扣好了,人也走到了门边,一出门,就哭着数说起来:"睡觉睡到半夜更,听见你家有哭声,不知长来不知短,不知你是死还是活……"

一进门,只见老刺猬正睁大眼睛喘气呢,猛然想起应该去找乔医生,急忙一转身,走了。老刺猬问不安:"刚才来的是谁?"

李不安说:"隔壁的唐婶。"

老刺猬说:"她会照顾你俩,有什么事和她商量……不安的棉袄有没有做好……小唐,小唐,你过来,我说一句话给你听……"

平安说:"爹说胡话了。我去弄点冷水给他喝两口。他喊小唐,小唐是谁? 难道是隔壁那个人,不会吧?"

老刺猬翕动着嘴唇,眼睛又盯着李不安了:"不安……我到天

134

堂去了……我享福去了……凡人的烦恼都与我无关了……爹和你说一句话……爹要你原谅所有对不起你的人……爹知道,你想妈了……老刺猬想听你说说妈的好处……你大声说给我听。"

李不安跪在老刺猬的床边,开始回想朱雪琴的好处,一边想一边大声念叨:

"家里有好吃的东西,妈总是让我第一个吃……"

老刺猬说:"说下去。一直说下去,不要停……老刺猬听见了这些事,心里十分高兴。身上也不疼了不痒了……不要停。"

李不安朝床沿边挪了挪,拿起老刺猬的一只手放在自己两只手里,说:

"不安知道了,不要停……我一冷,妈就知道了,说,不安,妈找件衣服你穿上;我一热妈也知道了,说,不安,脱掉一件衣服;我哪里疼,妈更知道,就像疼在她的心上一样……

"有一次我感冒发高烧,爸爸出差不在家,妈抱着我上医院,那是半夜里,走着走着,妈犯起了胃病,她走走停停,一路走,一路呕吐,到天亮,终于到了医院,先给我挂号,还说,妈真是没用,让你受了半夜的罪……

"还有一次,我去拿桌子上的热水瓶,被热水烫伤了,一条胳膊上全起了泡,妈先用舌头在胳膊上舔,然后再给我敷药膏,说这是个土法子,光上药膏效果差……

"我不肯上学,爸爸打过我。爸爸拿了大棍子在后面追我,我逃到妈的身边。我逃过去的时候,爸的棍子也到了,妈手一抬,爸爸的棍子打在了妈的手臂上……

"妈常说,不安,你是谁的儿子?你是妈的儿子;你是谁养的?你是妈一个人养的。快长大,娶了媳妇,让妈替你带孙子……

"妈常说,不安,妈对你太放心不下,这不是一件好事。妈要学着不想你,不管你……你骑车出去,妈再也不要慌慌张张从屋里冲出来,担心地看着你远去;你到河里游泳的时候,妈再也不能撑着黑伞,站在岸上看着你;同样,你和别人的男孩打架的时候,妈也不会再提心吊胆地在一旁叹气……妈就像前世欠了你的债……妈一碰到你就什么都不顾了……你长大以后就会离开妈,妈从现在开始起,要慢慢适应这个变化,免得到时候想不开……"

李不安哭了起来。

老刺猬在李不安的叙说中,安安静静地停止了呼吸。

第十五章

现在,李不安要料理老刺猬的后事了。

唐寡妇哭着给老刺猬换上干净衣服,她一直许诺给老刺猬做的那双新鞋子,终于没有拿出来。但是她哭叫着,是真心的。老刺猬的胳膊硬了,穿衣服穿不进去,她喊道:"我给你穿衣服呢,你配合着。不然的话,这大冷的天,你走在路上又要受凉了。"她一喊一叫,老刺猬的胳膊果然很配合地软了。她说:"就是要相信迷信。"给老刺猬穿好干净衣服,看见老刺猬的嘴张着,对老刺猬说:"我知道你肚子饿,要吃饱了饭才肯上路。不安,你去弄一只饭团子,用红纸包好,放他嘴里咬着。"李不安马上去到人家家里去要了红纸和一个饭团,按照她的要求放进老刺猬的嘴里。

乔医生来了又走了,看看老刺猬的样子,没有近前,远远地看了一眼,说老刺猬死于心力衰竭,早上医院看就好了。有病要早上医院,不能省钱。你们听好了,有病要早上医院。"

他走了以后,唐寡妇也走了。陆续有人来看看这里的情景,大家都看一眼,也走了。

屋子里一时显得十分安静,李不安把平安拉到老刺猬的床前跪下。他现在又累又怕,很想睡下去什么都不管,什么都不问。他想做一个与现在无关的梦,譬如拉着房子上的草爬上屋顶,攀到云的上面去;譬如他当了军官,带着他的勤务兵回乡,去找孙二爷……他不喜欢见孙二爷,但是这次就破个例吧,因为这次他实在又累又怕,而且不知道干什么才好……除了知道不能睡,不能把老刺猬一个人冷冷清清地搁在那儿,他真的不知道现在应该做点什么。所以,只能跪着——拉了平安一起跪。

他问平安:"平安,你知道现在我们应该做些什么?"

平安说:"睡觉。"

他又问平安:"平安,你累不累?"

"累。我跪在这里也能睡着。"平安说。

"平安,你怕不怕?"他再一次问平安。

"不怕。"平安说。

李不安奇怪地打量平安,一想,明白了:平安是个瞎子,平安看不见老刺猬的样子。老刺猬的样子有点怪,嘴里含着红纸包着的饭团子,侧面看去,嘴巴尖尖的,像一头正在吞吃东西的鱼,是的,有点像他从河里捞起来的鲫鱼。昏黄的灯光下面,他摆出一种严肃的僵硬的姿势,他刚换上去的干净衣服也随之呈现出冰冷的线条。

李不安说:"爹,你嘴里放着饭团,实在难看。你要是活着,肯定不允许人家把你弄成这个模样,就是饿死,也不想弄成这个模样。这是唐寡妇把你弄成这个模样的。爹,我把饭团拿走吧。"

李不安拿饭团的时候,突然想起一个问题:"爹,你是喜欢土葬还是喜欢火葬? 喜欢土葬,就动动眼皮,喜欢火葬,就动动嘴皮。"

平安紧张地问:"动了没有?"

李不安说:"会动倒好了。他是个死人,死人怎么会动?"

平安再次哭了起来,趋前从老刺猬的头顶摸起,一直摸到老刺猬的脚。哭了一阵,不依不饶地继续问李不安:"到底是土葬还是火葬?"

李不安冷静地说:"不知道,现在要把爹的家里人找过来再决定。天要亮了,你在家里守着,我先去找王彪。"

李不安去找王彪。已经是吃过早饭的时候了,王彪看见李不安,急忙招呼李不安坐下喝粥。李不安坐下去,端起粥就喝,一碗粥下肚,他的眼泪出来了。王彪从口袋里掏出大大小小的一把钱,拿了一张白纸包好,放到李不安的手里,说:"走,我带你去找裁缝孙大头。他欠老刺猬的十块钱今天该还了。"

两个人敲了半天的门,才把孙大头从睡梦里叫起。他一看见王彪,忙点着头打个招呼,让王彪进屋坐。王彪把李不安推到孙大头的前面,说:"这孩子是老刺猬收的干儿子,将来是个发达之人。老刺猬昨夜里走了,他要料理老刺猬的后事,你把欠老刺猬的陈年旧账还了吧,就算是看在我的份上,改天请你上我家里喝酒。"

孙大头咕哝道:"我不会喝酒。我就是会喝,我也不到你家里去喝。"阴沉着脸,到衣服口袋里找出一张十块钱的票子,递给王彪,王彪再递给李不安。王彪对李不安说;"谢谢你孙大叔。"李不安说:"谢谢你孙大叔。"王彪说:"这个孩子,就是这么油滑。"带着笑,拍了一下李不安的屁股。

从孙大头那里出来,李不安对王彪说:"王彪叔,麻烦你到我家里照看一下,我到老刺猬的乡下老家去一趟,报个丧信。"

王彪呆着脸沉吟了一刻,说:"王彪叔为你好,给你说几句实话,你去请老刺猬的家里人来,恐怕不会有好事。人心难测,老刺猬的家里人会让你把钱通通交出来,你交二十块,他们会说老刺猬留下的钱起码有一百二十块。他们不花一分钱办老刺猬的丧事,最后还把你和平安赶出去——他们要把老刺猬的房子卖掉……当然这些全是我的猜测,但猜测有时会变成事实。我看你不如在家里设个灵堂,让唐婶在家里替你招待客人,我替你在外面跑腿,一面叫人去请老刺猬的乡下亲戚,叫他们来参加葬礼……你和平安是老刺猬的干儿子,我们都知道的。干儿子就是儿子,谅他的亲戚也无话可说。"

李不安淌下眼泪,说:"老刺猬是为他的娘下河摸鱼受了凉死的。老刺猬是个孝子,我要把老刺猬的娘请到家里来看看老刺猬。"

王彪说："好……好……不过他的娘是个瞎子。"

李不安说："瞎子可以用手摸,平安就是这样的。王彪叔,我马上就到乡下去,这里的事托你照看一下。"

李不安走了一夜,又走了半天,才到了老刺猬的老家。他径直走进瞎子奶奶的家里,屋子里寂静得只有风吹过的声音,瞎子奶奶一个人在家,坐在炕上,嘴里咯嘣咯嘣地咬着什么东西。她问："谁走进来啦?也不说一声。不说,我就叫了,当你是个小偷。"

李不安走过去,摸摸瞎子奶奶的手,说："奶奶,我来了,您在吃什么呢?"瞎子奶奶说："吃山芋干。你来干什么?你是老刺猬的干儿子李不安。李不安,你说我的记性怎么样?"李不安说："奶奶身体健康,万寿无疆!可奶奶的儿子死了,奶奶你断了根了。"

老刺猬的娘"哦"了一声,就愣在那里了。李不安袖着两手站在她面前,也愣着。许久,老刺猬的娘才醒过来,张开嘴,伸出舌头,她把嘴里的山芋干吐了一身,看上去像刚经过了一场什么仪式。她张大嘴,不大满意地说："这么说,他死了……我再也喝不到鱼汤了?"李不安说："是的奶奶,我和平安打死了也不会给您下河捞鱼去的。"

过了一会儿,老刺猬的姐姐来了,坐在门槛上独自哭叫了一阵,又把老刺猬的姐夫叫了过来。姐夫去借了一辆自行车,在车子后座上绑了两根棍子,凭着这两根棍子就要把李不安和老刺猬的姐姐带到该去的地方。老刺猬的姐姐一路哭着叫着,不停地埋怨着谁,谁也听不清她在埋怨谁,她自己也不一定知道该埋怨谁。但是大家知道她一定在埋怨谁。这也是常见的事情:谁不想埋怨些什么呢?

瞎子老娘拄着棍子把他们送到路口,直到现在她也没掉一滴眼泪。待老刺猬的姐姐和李不安坐到自行车后座的棍子上时,她突然说了一句:"早点回来啊!"她说得很轻,语声又在颤抖,所以老刺猬的姐姐回过头去,"啊?"了一声,停顿片刻,没听见什么,急于要走,就催着她的男人走了。瞎子老娘紧跟了两步,伸出拐杖,指着他们走的方向,大声说道:"早去早回,回来给我办丧事。老刺猬死了,我还有什么道理活着?我也想死了。"老刺猬的姐姐说:"娘下来又不知要作践谁了?"

老刺猬的娘过了半个月就死了——绝食死的。死了之后她就葬在老刺猬的旁边。这是后话。

老刺猬的姐姐和唐寡妇一起,迅速地办理好孝衣、孝帽、孝巾,家中设了灵堂,让李不安和平安轮流着守夜。一过了"头七",就雇了吹鼓手,吹吹打打地把老刺猬送到了火葬场。然后,老刺猬的姐姐和姐夫把骨灰带到老家找地方埋葬。

这件事情就算结束了。

李不安的身上就剩下他卖花生赚得的钱,他和平安暂时住着这屋子,老刺猬的姐姐姐夫迟早会来收了这屋子。平安算什么呢?平安不过是老刺猬收留的一个小瞎子。李不安算什么呢?李不安是个小流浪汉。

转眼间到了过年。这个年真如老刺猬所说的那样,只有李不安和平安两人过了。这一天,从早晨开始,天就是阴沉着的。下午,飘起了雪花,没有风,雪花从天上垂直落下来,仰头望上去,天和地的距离就是雪花那么远。李不安今天只卖出半斤花生,眼看着雪越下越大,他赶紧回去了。在街上买了四只馒头,两只酱猪爪,准备回去和平安两个人过年。

路过唐寡妇家里,他走了进去。唐寡妇家里也冷清清的,不像过年的样子。他对唐寡妇说:"唐婶,都过年了,我那棉袄还没做好?"唐寡妇在暗地里眨眨眼睛,回答:"我的乖乖,我先问你一句话,工钱谁给呢?"李不安说:"你做好了,我自然会给你。"唐寡妇说:"做好了,你就不给我了。你这小孩奸猾无比。"李不安说:"唉,老刺猬真是白疼你了。"唐寡妇一个箭步跨到李不安面前,骂道:"你滚出去,老娘今天过年,没心思和你磨嘴皮。"

李不安退出来,推开家门,一看见平安焦急地迎上来,他心里一阵高兴:他被平安依赖着,他是有用的人啊。

于是他高高兴兴地烧饭,把两只酱猪爪切碎了,放在大碗里和咸菜一起蒸,蒸好了拿出来一看,那么一大碗。又煮了一小锅咸菜汤,放在桌子上,菜和汤都冒着热气,家里弥漫着可喜的气氛。

李不安听见外面的鸭栏里鸭子叫了一声,就对平安说:"平安,想不想喝鸭子汤?又烫又香的鸭汤?"平安咕咚咽下一口口水:"想,想死了。"李不安到外面去抓了一头鸭子进来,一看,是那头公鸭子,它正凶狠地瞪着李不安,长长的头颈一动不动。李不安说:"哈哈,就是你了,你不会生蛋,活该让我们吃了……你还凶?"平安说:"阿弥陀佛!杀你的是李不安,不是我……我可下不了手……李不安,你在做啥?"

李不安已经不想杀这头鸭子了,他逗着鸭子说话:"说话,嘎,嘎嘎。"那头公鸭子放松了身体,扭捏着头颈,高高兴兴地叫:"嘎,嘎嘎……"李不安说:"今天过年,你把你那三个老婆都带进来玩玩,暖和暖和。咱们一起过年。"

那头公鸭子出去一会儿,果然把它的三个老婆一起带了进来。它们毫无顾忌地扑扇着翅膀,屋子里充满它们翅膀晃动的影子。

平安在桌子上放了三副碗筷,说:"爹,过年了。回来和我们一起吃吧。"然后他就凝神屏气,好像听见了什么。李不安说:"我们先吃吧……平安,你忘了洗手。"于是平安去洗手,洗好手回来,他刚要伸出手去抚摸碗里的菜,就被李不安叫住了。

"平安。"李不安老气横秋地说话了,"今天是大年三十,过年。咱平时也不讲什么规矩,但是今天这个日子有些特别,所以,该讲究的还是要讲究,免得过年不像过年,平时不像平时。我自己的亲爹亲妈是这么说的,老刺猬也经常这样讲,我李不安说话是有根据的。"

平安说:"那是,我现在都靠你了。"

"首先,咱们一人倒一杯水,以水代酒,敬老刺猬一杯。"李不安说:"告诉他,这屋子,不安和平安快住不成了,唐寡妇又赖了我的棉袄。到春天,不安和平安就一路要着饭到青岛去……算了,这些话不说了吧。"

平安说:"为啥还要到青岛去?咱们一路要着饭就回你家里去了。"

李不安说:"平安,我在说话,你别打岔……这些话不说了,那说些什么话呢?我想不出说些什么话,还是你说吧。"

平安的眼珠在眼眶里闪了一下——一道幽暗的光,就像树林里掠过的一片雪花。平安说:"爹,外面下雪了……我也没有话讲。我们还是先吃吧,我说菜和汤都没有热气了,我们先吃吧。"

李不安打了个冷战,他觉得自己也成了一道渐渐冷却的菜。他感到脚底下冷风嗖嗖乱舞,他的手指上也像沾上了胶水一样不灵活了。他竖起大拇指放到嘴里吸吮,吸着吸着,突然之间,他的口腔里袭过一阵冰冷的寒流。他赶快把手指头从口腔里拿出来,大声说:"平安,我们快吃吧。吃好饭,你写几个字,我们把字贴到门上。写好字,我们出去玩玩。"

两个孩子吃好年夜饭,收拾起锅碗瓢盆。平安端端正正地坐在桌子前,用煤水在一张还算干净的黄草纸上写上:过年了。李不安用另一张黄草临摹着也写上:过年了。他对平安说:"好像我写的字比你的好看。"平安说:"你不是瞎子,写出来的字当然比我的好看……我总是在想,你为什么不肯念书呢?你肯定碰到了什么事情。你碰到了什么事呢?"李不安说:"你总是多嘴。你还是少问一点好。你看,我问你了吗?我问你的爹是谁妈是谁了吗?"

这就把两张有字的黄草纸用米饭糊在了门上,左边的门是"过年了"右边的门上也是"过年了"好像同时过了两个年似的。

地上积了很厚的一层雪,风在雪地上吹着口哨,带起一片白色的粉末,白色的粉末在雪地上轻轻一转,就转成了千百条白丝线。

两个孩子,一个人拿了一条棍,另一个人拿了一只布袋,关上门,在雪地上又跳又叫。跳的人是李不安,他拿着棍子,防备不识趣的狗来咬腿;叫的人是平安,他拿了一条布袋,准备挨家挨户要馒头。小瞎子有心机,他要为春荒时准备口粮。他叫道:"开门啦开门啦!开门见喜!我瞎子上门讨喜来啦!不要多不要少,两个馒头就够了。"

李不安一路上耍着棍子跳着玩,平安沿路敲开过年的门,他要了许多馒头。过年的时候,人心比往常善。

第十六章

现在的问题是:李不安要考虑的不是他自己一个人,他必须为平安计划将来。就是说,他把平安带走还是把平安留在这里。他不喜欢带着平安走,那样的话会很麻烦。所以,李不安拿了一枚五分钱的硬币放在吃饭桌子上,对硬币说:"我跟平安一起走——正面;我不带平安走——反面。我做不了主,听你的了。你说什么就是什么。"

平安可怜巴巴地坐在桌子的另一面,嘴里一个劲地嘀咕:"正面,正面。不要五角星,要麦子。"

李不安朝天一掷,硬币哐啷啷落下来,出现了有麦子的一面,是正面。李不安不好意思地说:"是反面,五角星……这样吧,再来一次,这第一次就不算了。"

再朝天一掷,硬币哐啷啷落下来,在桌子上旋个不停。李不安用手一压,把它压倒,摊开手心一看,还是个麦子。他叹了一口气,说:"这第二次也不算,再来第三次吧。凡事不可超过第三次的,如果第三次还是五角星,你就认命吧,乖乖地待在这里,我把你托给王彪叔,以后来接你,不过也说不定,也许不能来接你。真的,也许不来接你了,我不能骗你……我走另一条线路回家。"

平安合起双手,脸朝着天,嘴里念念有词地做祈祷。李不安刚想朝天一掷,平安急忙说:"我,我还没祷告好呢。"念了一阵,才下定决心,说:"好了。你扔吧。老天爷保佑——麦子……是什么?"

李不安说:"五角星。"

李不安说了以后,才翻开手掌察看:还是麦子。就是说,他得遵从硬币的指令,他得带着平安离开这里。

平安哆哆嗦嗦地站起来,一把从桌子上摸到硬币,不服气地喊:"你扔的不算。我自己扔。哈,老刺猬老说,自己的命运要掌握在自己手里,我怎么忘了。"

他毛手毛脚再朝天一扔,硬币当地一声掉在桌子上不动了。李不安说:"看看,还是五角星。你就不要赖着我了。"平安翕动着嘴唇,双眼翻白,面如死灰。李不安害怕了,说:"平安,我骗你。你扔的是麦子,不信,你摸摸看。"平安伸手过去一摸,马上笑了,真的是麦子。他说:"你把我吓死了,真是麦子。你扔了三次都是五角星,我扔了一次,就是麦子。我刚才扔的时候,心里想,平安,你是个没爹妈的孩子,其实你也是有爹妈的人,只是人家不要你罢了。你真是爹妈养的,就现给我正面——看看,我是爹妈养的。"

李不安说:"平安。刚才我骗了你,刚才我扔了三次,全都是正面。骗你是小狗。"

平安不相信地问:"真的?"

"真的。"

平安头一伸,挺直了脊背,放声大嚎起来,他一边嚎一边唧唧哝哝地说着一些话,嚎了多久,也说了多久。反正,他的意思就是,他不想跟着李不安去了,他的自尊心受了伤。他平安,一个小瞎子,还能受到多少好的待遇?除了老刺猬,这世上他没有任何亲人。老刺猬死了,他就没有亲人了。虽然他也是爹妈养的,但他的爹妈从来只限于"爹妈"两个字,从来没有落实到一根手指、一句话、一根头发、一粒米、一口水,所以,爹妈对他来说是不存在的。

李不安在平安的哭声中飞快地打主意,平安现在已是满身眼泪,冤屈得要死要活。李不安突然一拍桌子:"平安!"平安马上停止嚎叫,偏过耳朵听李不安说什么话。"我有个好主意。"李不安说,"我们来个结拜兄弟怎么样?"平安马上抬起头说:"真……真的?那我先跪下了。"

平安是十二岁,李不安也是十二岁。李不安是夏天生日,平安是春天生日,因为老刺猬是在春天的时候从垃圾堆里捡到他的,他那时候乖乖地躺在垃圾里睡觉,像是一个多月的样子。所以,平安应该为兄,李不安是老弟。

但是,平安不想当兄长,李不安想了一想,也认为平安当兄长不那么合适。这样,李不安就当了兄长,平安就当了老弟。这种事情在孩子们中间会解决得很快,快而合理。

平安一口一声地叫李不安"哥"。

哥,你出去了早回。

哥,你回了?卖掉多少花生?

哥,你看看我这只手,好像有一只水泡。

哥,我饿得慌……

……

李不安从来不叫平安"弟弟"。对于平安的殷勤,他的态度很微妙,总是微微地在乎着,或微微地表示不在乎。他有时候皱着眉头想事,不说话,平安就不敢打扰他。有时候他吩咐平安:"去写字。"平安马上去写了,不敢问他是不是也写。李不安俨然一副当家人的样子,他会省下一点点粥让平安吃,虽然他馋得要死,但是嘴上会学着老刺猬的口吻说:"平安……我吃饱了,这口粥你喝了。"然后,他眼睁睁地看着平安不知好歹地把粥统统消灭干净。

有一天,镇上的人都在互相问:发生什么事情了?几乎每个人都在问,所以李不安也去问一个人:镇上发生了什么事情了?那个人告诉李不安,镇上有一个五十多岁的男人曹疯子,杀了他的女人,坐了十几年的牢,六十几岁了,又放回来了。看上去他不那么疯了,又白又胖,共产党的牢真是好,把人养得像一只白胖的蚕。他一回来,就生着了火炉煮水,他那炉子十几年不烧,竟还烧得着,不仅能烧着,煤球一放进去就烧着了,好像等了十几年,迫不及待地就等着烧这么一回。

然后,他爬到房子上修补房子上的窟窿,他那房子简直像一只蜂窝,到处都是窟窿眼,草里面藏着麻雀、蝎子、西瓜虫、蚂蚁、蟑螂、跳蚤、壁虎……他一爬上去,这些家伙全都愤愤不平地跳了出来。

"哦,是个疯子。"李不安想,不知道这个人是武疯子还是文疯子,他杀了他的女人,应该是武疯子。

这个人告诉了李不安这件事情,立刻要求李不安告诉他一件事:"嘿,唐寡妇赖了你的棉袄,是不是真的?"

过了几天,李不安又知道了曹疯子的另一件事情:曹疯子需要一枚野坟地里的死人牙齿,那枚牙齿会在一个雷电交加的雨天里出现。曹疯子说,谁去找到那枚牙齿,谁就会得到十块钱。

没有人去响应曹疯子的十块钱,但是大家都等着曹疯子的身上出现另外一件事。又过了几天,另外一件事没有出现,曹疯子还在嚷嚷:谁找到那枚牙齿,就给谁十块钱。一手交钱,一手交货。

当曹疯子的十块钱增加到十五块钱的时候,李不安走进了曹疯子家里。他发现裁缝孙大头的猫也在曹疯子的家里。

"喵喵。"李不安先唤了一声猫,孙大头的猫懒洋洋地支起前肢,看了李不安一眼,把身体移到曹疯子的脚下。

"我给它吃好的。"曹疯子说:"我有的是钱,你知道我的钱是从什么地方来的?"

李不安老老实实地摇头。

"抢银行。我见一个抢一个。我专抢大城市里的钱,上海、北京、广州……我有隐身法……我把抢到的钱分给穷得要死的人,他们一口一个'曹大人''曹救星',叩头、称颂。然后,我把分不掉的钱带回来自己享用。我用钱的时候从来不算……我不会算钱。以前,我那女人特别嫌弃我这一点,有一次,她叫我出去买一块豆腐,我付了人家一角钱,人家应该找我两分钱,但是我说算了算了……当时,我可能说算了算了,也可能说不算了不算了……我到现在也搞不清楚是说算了算了,还是说不算了不算了……反正算了和不算了意思相同。回来时,我那女人就问,该找的两分钱呢? 我说不算了。我那女人喉咙马上尖叫起来,不算了? 这么说两分钱没有了? 我说是的,算了算了。她又尖叫起来,算了算了? 这么说你是算回来了,那两分钱呢? 那天是夏天,热得蝉都不叫,太阳把地都烤出油来。我浑身冒汗,就像淋了一场雨似的,而且,我浑身发抖。我一个劲地说算了算了不算了不算了,说到后来,我听见天空中到处都响起算了算了不算了不算了……我就下死劲地想,这两个字词是有点不大对劲,有点邪乎,哪一个对,哪一个不对……我发现这两个词都对都不对,或者说左边的对右边的不对,右边的对,左边的不对……我已经把这个问题搞清楚了,但是我女人还是没有搞清楚。她一辈子也不会搞清楚了,她为了两分钱,不惜把自己的男人拖垮。她看不起她的男人,她的男人还不如两分钱……于是我抽出砍柴刀在她的后脑勺那边来了一下子,结果她就死了……可怜的女人,我后来才知道不能怪她搞不清楚那两个词,她怀着孕呢。怀孕的女人脑子是不好使的。我出去买豆腐的时候,她就对我说,老曹——她叫我老曹——老曹,少买点豆腐,剩几分钱我去买一把酸枣子吃吃。她怀着孕,一脑门子只想着酸枣子,所以,她搞不清楚那两个词……说实话,我到现在也没搞清楚……杀她之前是搞清楚的,杀了她之后,又搞不清楚了,早知如此,何必杀她。这两个词放在一起就是同床异梦,分开来又藕断丝连……我特别恨中国人的嘴,这张嘴里什么奇奇怪怪的词都能蹦出来,把人搞得晕头转向……我恨我的嘴,所以,我坐牢的时候,我把我的一口牙干掉了,一个一个地干掉。你看……我现在是一口假牙。我装了假牙才知道,装假牙的人不说谎话。我现在不说谎话,我可以对天发誓。"

曹疯子张大嘴让李不安看他的牙齿,李不安拿起桌子上的一根筷子,敲敲曹疯子的假牙,评价说:"很结实,又白。就是跟脸不大相符。"

曹疯子沮丧地叹口气,说:"唉,我这个人做事情从来不考虑后果。女人死了,才知道女人有多好。牙齿全打掉了,才知道真牙齿有多好。假牙再好看也是假的,当不得真。我爱牙齿……你看看,我收了这么多的牙齿……全是真牙。我给你看看我收的牙。"

曹疯子从床底下拖出一只旅行包,打开来,里面一包牙齿,人的和兽的,长的短的,白的黄的,完整的残缺的,会尖叫的或善低吟的,活泼的或呆滞的,温柔的或残忍的……李不安打了个寒战,他觉得自己嘴里的牙齿一阵阵地发酸。他推开旅行包,问曹疯子:"你说话算不算数?"

曹疯子眨巴着眼睛说:"你话里有一个'算'字,我不喜欢那个'算'字。"

李不安想了一想,重新问:"你说话作数不作数?"

曹疯子大声响应:"作数。"他把手举到头顶上,表示认真。他认真的样子活像一只模仿人样的猴子,眼睛眨巴着,颧骨高耸两眼腮下凹。他的手在空中举了一刻,放下,又举了上去,又放下。他笑了。曹疯子笑的时候不像一只猴子,而像一个心地坦诚的孩子,他笑得连连咳嗽,又喘又咳。李不安从他的咳嗽上想到死去的老刺猬,心里对他产生了好感。

李不安问:"我什么时候去野坟地?"

曹疯子说:"那不能随便去的。说是下雨打雷的时候,也不是一般的下雨打雷天。我得洗个澡,点上安魂香,算一个卦,才能告诉你什么时候去。我现在就洗澡……孩子,我的腰不好,修屋顶的时候扭了筋,你能不能给我烧一锅水,再把水放进木盆里?"

李不安到外面去抱了一捆草,烧好一锅水,又把水放在木盆里。做了这些以后,他把手放进水里去试试温度,水温正好,不冷不热。曹疯子在他身后叫:"孩子,好孩子!你真是个好孩子!"

曹疯子又在叫了:"孩子,给我擦擦背。我的背真痒啊!我的背有十几年没人擦了。我老婆以前经常给我擦背……经常擦,她的手指又细又长。你说我为什么要杀了她?杀了她没人给我擦背了。"

曹疯子坐在木盆里呜呜咽咽地哭了,他脸上的眼泪和身上的洗澡水一起滴落在木盆里。他一边哭,一边用手舀起盆里的水洗脸,洗到后来,他不哭了,带着一脸的水珠,恍恍惚惚地,若有所思地,精瘦的身体在木盆里前后摇晃,嘴里念念有词。

过了一刻,他睁开眼睛,看见李不安,奇怪地说:"咦,你还没走?"

李不安说:"我给你添热的洗澡水。水冷了要受凉的……老刺猬就是下河受凉死的。"

曹疯子说:"你是个好孩子,将来是个有福之人……有空我给你算个卦。你扶我起来吧。我刚才想起了老婆,怕自己太伤心,就背《毛主席语录》。伤心是不伤心了,但是我背语录背得浑身没几两力气了。"

一个下着大雨的晚上,曹疯子在门外叫:"李不安,明天夜里十二点钟,到野坟地里捡一只最长的牙齿。"

李不安在里面问:"多长?"

"反正是野坟地里最长的。"

"明天夜里还下雨吗?"

"下雨。明天白天也下雨。明天夜里十二点钟的时候会打雷。打雷过后一个小时,天就好了。我的卦算得很准。"

过了一天,又是晚上,雨下个不停,风裹着雨一阵一阵地撞在墙上,像是怀有深仇大恨似的纠缠着。十一点半,小闹钟把李不安叫醒。李不安掀开被子,冷得咬着牙打了个寒战。他对着老刺猬的空床说:"我去野坟地了,不远,走一刻钟就到了。爹你在后面跟着我,碰到那些不怀好意的野鬼,你就给我说说好话。爹你千万不要跟人家打起来,你给人家讲道理……再不然的话……再不然的话,你就背背《毛主席语录》。《毛主席语录》灵得很,一背,鬼就怕了,逃得远远的……我真的糊涂,你也是个鬼了……"

说话间,李不安戴好了斗笠,披上了老刺猬的蓑衣,裤腿卷得高高的,拿着平安捡垃圾用的竹篓子。他看着竹篓子想了一想,说:"又不是捡骨头,要它干什么用?"又把竹篓子放下了。

平安在床上说:"哥,你莫慌着走。我去拿块姜来。"

他下地去，在什么角落里摸出一块姜，用衣服擦擦，塞到李不安的嘴里。一会儿他又说："哥，你等等，我去拿一块塑料纸来，"他把他从垃圾里捡来的一块塑料纸垫到李不安的斗笠里。李不安刚要走，他又叫了："哥，慢点……"

他掀开床上的垫席，垫席下面藏着他捡来的东西：糖纸、白纸、一块花布、塑料纸、几只不成对的袜子、两只棉线手套……他说："让我看看，你还用得上什么东西。"后来，他又叫喊了："哥……我跟你说句话。"

李不安："平安，你闹什么？这么冷的天，又下雨又刮风，你又闹着，我还去不去了？"

平安把他的棍子摸到手，说："去。怎么不去？我们要那老疯子的钱，怎么能不去？我和你一起去。在家里等着特别难过，不如我和你一起去，我是瞎子，我看不见鬼，所以不怕鬼，一个不怕鬼的人在你身边会给你壮胆。"

现在，李不安戴着斗笠，平安披着老刺猬的蓑衣，两个人牵着手走在大雨如注的路上。平安说："两个人，五条腿。"多出来的那条腿是拐杖。

很快到了野坟地。野坟地里下了两天的大雨，凭空里添出了许多沟壑，到处流着清水，大雨把浮土刷去了一层，露出一些棺木的边缘和几经沉浮的白骨。

李不安打开老刺猬留下的手电筒,微弱的黄光在雨地里爬了一点点就停住了。黄光里,一条条的雨鞭狠狠地抽打地面。李不安哆嗦着拉紧平安的手,说:"我现在不怕鬼了——这么大的雨,鬼才不愿意来哩。平安,你说说,我怎么才能找到野坟里最大的牙齿?"平安说:"我不知道。我来是给你壮胆,不是来给你找牙齿的。"李不安说:"这样吧平安,咱们把野坟地走一遭,碰到什么牙就是什么牙,也许老刺猬保佑我们,让我们一捡就捡到野坟地里最大的死人牙齿。"

两个人紧紧拉着手,跟着手电筒微弱的黄光,把野坟地走了一遍。李不安捡到五只牙齿,不及细看,把它们统统放进平安的衣服口袋里。然后,他们调头就回家了。

平安到家里的第一句话就是:"哥,那几只牙我都摸过了。都是小的,跟我的牙差不多大。"第二句话是:"咱们淋了雨,会不会像老刺猬那样,先发热,再咳嗽,再……"

李不安说:"先发热,再咳嗽,再……阿嚏……死掉。平安,咱一起死了吧……我来烧一碗姜汤,里面放老鼠药,放半斤。你喝一口,我喝一口,就死掉了。吃老鼠药死掉的老鼠总是肚皮朝天,它肚皮疼啊,它要把肚皮朝着太阳晒晒,它认为一晒太阳肚皮就不疼了。"

平安说:"你对小动物懂得真多。"

李不安说:"我从小就和碰到的一切小动物、小昆虫说话。我对它们说话,它们也对我说话。它们从不埋怨什么什么不对,什么什么不好。除了不喜欢声音,它们喜欢所有的东西。"

平安说:"我没说什么不好……我敢说什么不好吗?我是个瞎子。"

李不安说:"我听你说过月香不好。你说她长得丑,你不要她。"

平安大声嚷嚷:"是你说她长得丑。我怎么知道她长得丑?"

第二天早上,李不安打开门,雨停了,洗得干干净净的天空里,云比往常白,太阳比往常的明亮。李不安拿了五颗牙齿去找曹疯子。曹疯子还在睡觉,他看都不看李不安拿来的东西,只在被窝里嘀咕:"不看不看。我算过卦了。你没有找到那颗最大的。"

李不安说:"是。我不是来向你要钱的——我把这五颗牙齿卖给你。"

曹疯子从被窝里钻出来头来,问:"你想卖多少钱?"

李不安把牙齿放到曹疯子枕头边上。说:"你看着给。不过我希望你多给些……我想带着平安离开这里,要不然的话,我才不会求你哩。"

曹疯子说:"我老曹,可是个讲信用的人,除了对不起老婆,什么人都没有对不起过。五颗牙齿,三块钱一颗,十五块钱,在桌子的饭碗底下压着。"

李不安拿开饭碗一看,果然十五块钱叠成一沓压在下面。他把钱飞快地藏到口袋里,一边就朝外面走。

曹疯子伸长了头颈,问他:"你就走了?水也不喝一口?饭也不吃一口?也不和我客气一番,说'不吃了不喝了,我在家里吃过了喝过了'。"

李不安说:"不吃了,不喝了。我让你继续睡觉。"

曹疯子又说:"哦,不吃了,不喝了,就不能谢谢我?"

李不安已经走到门边,笑着说:"老曹,我谢你个鬼,昨夜里我和平安在野坟地里淋得像两只落汤鸡。你有钱直接给我好了,非要找点事情瞎折腾。"

曹疯子大叫:"谁不在瞎折腾?谁不在瞎折腾……你这个忘恩负义的小畜生,你回来,我要把你揍得屁滚尿流,落花流水,看看我老曹的手段……你回来,我给你算个卦,看看你旅途是不是吉利。"

李不安在门外嚷:"曹疯子,你的卦不准。你说昨夜十二点钟会打雷,雷呢?昨夜十二点钟雷到什么地方去了?莫非钻到你的被窝里了?"

第十七章

接连好天。

平安忙着晒馒头干。几天晒下来,馒头片干得裂开了口子。唐寡妇走过时说:"平安,不能再晒了。再晒下去,馒头片就会碎了。风一吹,就会把碎粉吹走,你抓也抓不到。"平安慢悠悠地说:"吹走就吹走吧,那一点点小碎粉,我不在乎。那么大一件棉袄,不是也没了?"

平安计划中要带走许多东西:一年四季的衣服、脸盆、毛巾、电筒、闹钟、被子、枕头、茶杯、碗、绳子、小凳子、煤油灯、火柴、咸菜、馒头干、米、面粉和他捡来的一堆东西。

他把所有的东西一样一样地贴好小纸条,上面写着"平安"或者"不安。"他把大的东西上都写了"平安,"而在一些不起眼又没有多少用处的东西上写了"不安。"李不安不依了,他叫平安重新写过,平安只好让出了一些大的东西。

"你看见了?我把脸盆给你了。"他说,一面把"平安"的字条掀下来,换上"不安"的字条。

"看见了,我又不是瞎子。"李不安说:"你把脸盆让给我了,可是被子、枕头上面还是你的名字。"

"哥,大的让小的。"平安说。

"你比我大,凭什么你做弟弟占便宜。"

"哥,你要想想,也许我们有一天会穷得要饭,那厚着脸皮出去要饭的人肯定是我,你是不会出去要的。你这么一想,就占便宜了,我们就扯平了。"

老刺猬的大姐来了。她一进门,就尖叫起来:"我的老天爷呀!你们在干什么?你们为什么在这些东西上面写字?"

李不安说:"这样上了火车就丢不掉了。"

老刺猬的姐姐说:"你们写的是什么?平安,不安……不安,平安……这是被子吧?这是枕头、这是凳子吧?这都是老刺猬的东西。你们这一走,就像搬了一个家,只剩一个空壳子的屋子。"

"那你选几样你要的东西吧?"李不安说。

老刺猬的姐姐把被子、枕头、凳子搬到边上去,又把脸盆、毛巾、茶杯、碗、绳、电筒、闹钟、煤油灯也搬到边上去。她想了一想,说:"对不住你们,我家里实在太穷,做不起好人。"她把米、面粉、咸菜、馒头干、火柴也搬到了一边。做完这些事,她已是满脸通红,站在那边搓着双手说:"对不住对不住,我不把这些东西拿回去,我男人要打我。他打我的时候,总是一拳先打在我胸上,然后再抓住我的头发稳住我的身体,一脚踢到我的下裆。这么多年打下来,虽然我早就躲得开他那一拳一脚,但他随后来的一顿耳光可是逃不了开的——他巴掌大……"

李不安打断她:"你不要说了,东西你统统拿走。"

老刺猬的大姐说:"真的? 你不吵不闹,就这样让我拿走?"

平安说话了:"你们在做什么? 我搞不清楚。你们说些什么,我也听不懂……来人啊! 有人欺负瞎子啦! 来人啊! 瞎子快死啦! 来……"

李不安唤了一声:"平安!"

平安马上不叫了。

老刺猬大姐说:"那,我把馒头干给你们。你们要不要别的东西了?"

老刺猬大姐走后,他们只剩下自己的衣服,还有李不安的一只帆布包,这是朱雪琴做的,里面还精致地衬了一层旧丝绸……还有平安捡垃圾用的竹篓子。他们把要带走的衣服捆成一包,在上面贴了一张大纸条,上面写着:平安和不安。

李不安说:"这样多好,干干脆脆。不啰嗦不麻烦。"

他们商议了一下,在衣服包上又贴了一张纸条,上写:到此一游。

他们带上了毛笔、煤块、化煤水的小钵子,有了这些工具,他们可以到处写:到此一游。下午,一只蝙蝠掉在了他们的床上,他们把蝙蝠装在一只大口玻璃瓶里，准备带走。李不安到河里舀水，舀到一条小螃皮，小螃皮的鳍条上生有一些暗蓝色，在太阳底下熠熠发亮。李不安把小螃皮放进一只药瓶里。

要带走的东西就是这些东西了。

但是且慢，傍晚，四只鸭子摇摇摆摆地回来了，它们在外面混了好几天没有回来，此刻，个个吃得肚皮快要拖到了地上。平安又惊又喜，说："你们到哪里去了？你们想死在外面不回来吗？"领头的是头公鸭子，身上的羽毛黑白相间，颈上有一段暗蓝色的羽毛，大嘴长而结实。它知道平安在责怪它，便摇到平安的脚下，不服气地大叫一声："嘎！"平安说："你嘎什么？当心平安的棍子。"李不安说："平安，这四只鸭子我们拿它们怎么办？"平安说："当然杀了带走，用盐腌着。"李不安说："我也这么想。不过我从来没有杀过鸭子，你来杀吧。"平安说："罢了哥哥，你拿瞎子开玩笑。你想干什么就干什么吧。"李不安说："那好，既然你不会杀鸭子，我也不会杀鸭子，那么我们只能带走两头鸭子，把公鸭子带走，再给它带上一个老婆。余下的两个老婆，一个给唐寡妇，一个给王彪。"平安冷着脸不说话。

李不安抱着一头母鸭子走进唐寡妇屋里，唐寡妇蓬头散发地坐在小凳子上给人家做鞋底。李不安放下鸭子，也不想说话，转身就走。他想，若是老刺猬来做这件事情，肯定是放下鸭子，坐到炕上去，和唐寡妇说上好长时间的话。但他李不安不高兴说话，唐寡妇还赖了他一件棉袄。要是老刺猬知道了会怎么说呢？老刺猬会说："一件小事……小得不得了的小事。"

把事情看小了,就能原谅所有的人。

唐寡妇说："不安,这是怎么说？"

她放下鞋底,追到门口来了。

李不安说："你不要跟着我。老刺猬昨夜里托梦给我,叫我送一只下蛋的鸭子给你,让你家的老大、老二、老三、老四,过年过节的时候有蛋吃。不过,这只鸭子要把它关在屋里,它喜欢出去,所以老把蛋下在外面。"

王彪来找李不安。

"兄弟,就要走了？"他问。

"就要走了。王彪叔。"

"我王彪还欠你一顿饭,今晚上你带着平安过来。我叫你嫂子做顿好吃的。"

李不安和平安就坐在了王彪的饭桌上,他们带来的鸭子被王彪放进了他的鸭栏里。

李不安把手放在桌子上,端端正正地坐着,颇为严肃地说："王彪叔,打扰了。"王彪说："自家人,不客气。"说着,王彪掏出五块钱放在桌子上,说："路上买点茶水喝。"李不安拿起钱来放在口袋里,还是说："王彪叔,打扰了。"王彪的声音低低地："自家人,不客气。"

吃了饭出来,平安对李不安说:"你怎么老是说打扰了打扰了?一顿饭下来,我听见你说了十七八次打扰了。"

路过镇长家里,平安不好意思地说:"哥,走慢点。我想看看月香。"李不安说:"你这个瞎子,你用什么东西看月香?"平安说:"我知道我是个瞎子,我看不见她。但是你们有一件事不知道,瞎子并不是一点东西都看不见的。有太阳的时候,对面走过来的人,我看得见他们身上带着一团光,那团光就是一个人大小的样子,小人是小的光,大人是大的光,妇人是蓝光,男人是红光。月香和所有的人都不同,她是一团粉红的光。"

李不安说:"那你扒在窗户上看看她吧。"

平安扒到镇长家的窗户上,看了一会,说:"我听见月香说话了,她在灯下面是一团紫色的光。她说了许多话,就是没有提起我。也许在我来之前她已经说过我了,既然说过了,就没有必要再说了。"

李不安把平安推开,他也想看看月香。他一看就看呆了。

月香长得真像小翠子,尖尖的下巴,两只杏仁眼。

两个人走过于大头家门口。于大头倚在门上,一根手指头在牙齿缝里抠着什么。于大头看见他们,把手指头从嘴里拿出来,指着他们说:"嘿,什么时候走?"李不安说:"夜里的火车。"于大头把手指头塞进嘴里,嘟嘟囔囔地说:"好,好,有种!好男儿志在四方,不要像我,空有一身本事,窝在这个破地方,不死也得死……

我琢磨着也得找件事情做做,或者像你们一样,到外地去转他一圈再回来,人不知鬼不觉的。杀个把人,放几把火,玩几个女人,偷几箱子钞票……再回来。咦,我还没问你们,你们到青岛干什么?"李不安说:"咱到青岛去看你奶奶。"

两个人走过唐寡妇家门口,唐寡妇家门紧闭,里面黑灯瞎火的,不时传来某个孩子的咳嗽或者吸鼻涕的声音。这是最后一家了,李不安决定与唐寡妇告个别。

他敲门。唐寡妇在里面懒懒地问:"谁呀?"声调拖得老长。

"我和平安。"李不安说。

唐寡妇马上说:"家里没有煤油,灯点不着。黑灯瞎火的,我就不开门了。你送过来的鸭子刚才生了一只蛋。"

李不安说:"我和平安夜里的火车,走了以后不一定回来了,所以,跟您道个别。"

唐寡妇说:"孩子,一路顺风,命大福大。明天我就到菩萨面前给你哥俩烧炷高香,托菩萨保佑你们命大福大……我两顿没吃了,但愿明早能爬起来。我一爬起来就到菩萨面前给你们烧高香……"

里面一个女孩子声音尖尖地说:"妈,菩萨像不是给你藏到柜子里去了?你不是说不求菩萨了?"

唐寡妇有气无力地说:"求……求……"

两个人到了家了。明天,这个家就不是家了,它是什么,它会具有什么样的气息,李不安不知道了。虽然它的外形还是这样的,它还那么站着,迎着早晨的阳光,送别西去的夕阳,但它不是家了。它是一只残破的蚕茧,曾经充满了生命的痕迹,一旦空了,除了蛹,谁也无法真正体味其中的滋味。

"爹,老刺猬。"李不安说,"咱和平安一起走了。"

他说了这句话以后,眼泪冒了出来,一滴眼泪"吧嗒"一声滴在地上,把他自己也吓了一跳,竟会这么响。他转过头看着平安说:"平安,你哭什么?眼泪吧嗒一声滴在地上,把我吓了一跳。"

第十八章

　　李不安带着平安在夜里乘上了火车,一夜无话。次日早晨到了青岛。平安不喜欢坐火车,他和他的竹棍无法承受火车上的颠动,他在火车上就像在风口上一样站不稳。下了火车,两个人背着行李,抱着鸭子,走到火车站外面。平安说:"我肚子饿了,你呢?我去讨点早饭……你不吭声,算了。但是我们总有一天会要饭的。"

　　来到大街上,李不安瞄准一个行色匆匆的小个子男人,上前拦住他,对他说:"老同志,问个路。"那个男人站住了,睁大一双温顺的眼睛计较地说:"老同志?我不是老同志,我才三十岁,三十岁的人不能称为老同志。你说吧,你要到哪里?"李不安说:"我和我弟弟要到'东方一片红'旅馆去。"那个男人凑近了看看平安,说:"哦,哦,一个瞎……两位带了什么东西啊?让我欣赏欣赏。哦,两只瘦鸭子,一只蝙蝠,这是什么?一条小鱼、毛笔、煤……你这竹篓子真是一只百宝箱……再让我看看你的帆布包……馒头干……可怜。你们肯定不想坐公交车,公交车又挤又不省钱。这样吧,我陪着你们走过去。我认识那家旅馆,那家旅馆的屋顶上插着一面大红旗,红旗上什么都没有,你说奇怪不奇怪。反正我上班也不着急,今天是批斗一个'走资派',批了好几天了,没什么看头了。"

这个小个子男人热心肠地把李不安和平安领到一个地方,指着马路对面说:"你们看,马路对面就是'东方一片红'旅馆,看见没有?那面什么都没有的大红旗。我的任务完成了,现在我就去上班,看批斗走资派。你们说,又没锣又没鼓的,光看几个人挂着牌子站在那里,有什么看头?"

李不安朝马路对面一看,只见一家小小的旅馆,门面上写着鲜红的五个大字:东方一片红。屋顶上插着一面红旗,红旗被风吹得不停地伸缩,像蛇吐信子。

李不安牵着平安走了进去。旅馆的窗口,有个女人朝他们喊:"两个小孩,过来过来……过来。"李不安一看,只见这个女人圆而白的脸上,长着一双笑眯眯的小弯月眼睛,上唇那里长着一层毛茸茸的汗毛,看上去四十多岁了,对人的态度是泼辣而漫不经心的,绝不是父母嘴里形容的那个美如天仙的陶二三。

"过来过来。"她着急地招手,"你们抱着鸭子进来,我一看就是想住宿的样子,是不是?住几天?外地人。"

李不安回答:"住几天?不知道。咱们说走就走,也许今天就走了。"

女人依旧笑眯眯地说:"说走就走……你这小孩有意思……你们带了些什么东西?两只鸭子。有一次一个山东人来住宿,带了一只猴子。他说那只猴子救过他的命,所以他到什么地方都带着它。他老婆不喜欢猴子,经常用扫帚打它的头……所以他就出来了。竹篓子里有什么?"

李不安嘴里巴甜甜地说:"阿姨,我拿给你看。这是蝙蝠,这是一条小鱼,这是煤块,这是一只小钵子……你可能以为我们带着这些东西是玩玩的,不是。这是一方中药。蝙蝠加小鱼加煤块,三样东西放在小钵子里捣碎了,就是一方中药。它到底治什么病,我们要保密。"

女人说:"哦,你们哥俩真了不起,我不想知道你的中药能治什么病,我和我家里的人从来不生毛病,连感冒咳嗽也不生。你们到底要不要住下来?"

李不安问:"几块钱一天?"

"一块五。"

"那我们不住了,我们住到火车站去。"李不安说:"我们是来找一个人,问她一句话就走。这个人是你们这里的,她叫陶二三……她是你吗?"

女人笑了起来:"不是。我不是陶二三。陶二三是个大美人,我不是。你们是陶二三的什么人?"

李不安说:"我妈叫我们把这只下蛋的鸭子带给她。"

女人看看鸭子,说:"可惜她不在这里了。她早就不在这里了。她嫁了一个外地人,是个军官,那个军官到旅馆来看她的时候,带着勤务兵,勤务兵就站在门口,挎着枪……那个军官换防到外地去了,她也跟着去了……她没来和我们告别。她什么时候结婚的,我们都不知道,她嫁了一个出来带着勤务兵的军官,就没有必要通知我们她什么时候结婚了。你不提她的名字,我们都快把她忘记了……照我看,她就是在这里的话,你这只鸭子她也不会要的,除非你把鸭子熬好汤给她喝……她是那么娇嫩的一个大美人,她的手弱得提不起一只鸭子,有好几次,她提不动她手里拿的铅笔,把铅笔掉到地上了。不像我,两三只鸭子都能提起来……你吃花生吗?"

那个女人拿出一袋花生请李不安吃,李不安吃了一粒,抓了一把给平安。又抓了一把给平安,把他拉到一边问他:

"平安,这花生好吃不好吃?"

平安说:"好吃,香喷喷的。就是肚子越吃越饿。"

李不安说:"这位阿姨真好,照我看,看见她就等于看见陶二三了。看见陶二三,说不定陶二三的那个军官就站在她身后,看见我们去麻烦她,心里不高兴,拿出小手枪对我们一挥,说,两个要饭的,滚远一点。他就是不说话,我们见着这个带枪的人,心里也害怕。"

平安说:"哥。这么说,我们要把鸭子送给这个老太婆了。我不喜欢她,她说话的声音像个男子汉。我真想见见陶二三,她说话的声音一定像月香一样好听……送就送吧。我们就带着公鸭子回去,给它再配几个老婆……我去送,我要做做好人。"

平安摸到那个女人身边说:"阿姨,我们吃了您这么多的花生,不好意思。为了报答您,我们把这只下蛋的鸭子送给您留做纪念。您不要不好意思,上次我俩吃了人家一碗饭,就送了人家一头羊。"

"哎哟,我不会不好意思的。"售票的女人俯身到抽屉里摸了一把钥匙出来,说:"你们送我一只鸭子,我也不会亏待你们的。这是房间的钥匙,你们拿着。你们可以在这里面待到明天晚上,有人来问,你们就说是我的侄子,我姓马……你刚才说,想问陶二三一句话,你们索性告诉我,也许我能碰到她。"

李不安说:"我就想问问她,为什么叫陶二三这个名字。"

姓马的女人说:"她妈生了三个孩子,她大哥、大姐和她,如果不分男女,从她大哥排起,她排行老三。如果分男女,她大姐是女中老大,她是女中老二。所以她就叫陶二三。她刚到这里的时候,我们就叫她陶二三四,为什么?因为她长了一口四环素牙齿。"

李不安问平安:"你说,什么叫四环素牙齿?"平安说:"不知道。四环素牙齿,这个名字很好听,但愿我也能长一口四环素牙齿。"

晚上,李不安和平安刚睡下,一个男人就拿了一串钥匙开门进来了。他哗啦哗啦地摇着钥匙,气势汹汹地对他们说:"赶紧收拾了走人,这里有人住进来了。"

李不安说:"售票处的马阿姨,是我俩的姑姑,你去问问她好了。"

那个男人不耐烦地说:"马什么的那个人,不用去问了,她经常有侄儿不花钱住进来……赶紧收拾收拾东西走人,钥匙给我。"

李不安说:"是,我们马上就收拾了东西走人。您老人家不要再摇钥匙了,您摇得我们浑身发抖。"

平安说:"我浑身发抖,两脚两手冰凉。"

那个男人不相信地看了他们一眼,摇着一大串哗哗作响的钥匙走了。他走了老远钥匙声音还在响。

于是,李不安和平安赶紧从床上爬起来。这一次,他们的行李中少了一头鸭子,一条小鱼。鸭子是送给售票处姓马的女人了,小鱼死了。李不安说:"平安,咱们把蝙蝠放走吧,跟着咱们,迟早也是死。"平安说:"放到屋外去,这旅馆里臭烘烘的。"李不安说:"可是屋里暖和。"平安坚持说:"到屋外放生,蝙蝠不喜欢旅馆里臭烘烘的味道。我也不喜欢,请我住我也不高兴住了。"李不安只好说:"好吧好吧,屋外放生去。"

两个人来到屋外,把蝙蝠从大口瓶子里倒出来。蝙蝠在地上爬了几步,忽然支起翅膀,在空中扇了几下,一飞就飞到了红旗杆上,贴在那儿不动了。现在是夜里了,风有点冷,路上空无一人,白惨惨的灯光下面,只有李不安和平安两个人的影子。

　　李不安想做一件事了。他从平安的竹篓子里拿出毛笔,又把煤块兑了水化在小钵子里。他在旅馆的白粉墙上写:陶二三。没过几分钟,旅馆靠街的墙上写满了"陶二三"这三个字。他惋惜地看着满墙的"陶二三"说:"平安,可惜是煤水,淡得看不出来,只有白天才能看得出来。要有红漆就好了——满墙的红字。"平安说:"你写了什么?让我也写几个字。我要写'平安到此一游'。"李不安说:"快走吧,不要被人家看见。毛笔不要了,煤块也不要了。小钵子给你留着,让你要饭的时候用。"

第十九章

很快地,李不安和平安又在火车上了,两个人肩靠着肩。这是早晨,太阳在火车后面的地平线那里冉冉升起,安静而慵懒地,给了人一个短暂的错觉,好像人世间的一切都这样安静而慵懒。

但是李不安一点也不觉得安静,他上厕所的时候看见了章四瓦。章四瓦独自坐在窗前,手托在下巴上,睁大圆而鼓的眼睛,慵懒地看着来来往往的人。她面前的桌子上放着一大堆食物——章四瓦和食物,这都是李不安熟悉的,章四瓦总是和食物连在一起,章四瓦和食物互相置换着神秘的气息,分不清彼此。

章四瓦也看见李不安了,她眼神一亮,手从下巴上拿开。

"李不安,我看见你了。"她说着就站起来,屁股一扭一扭地走向李不安,她在火车上走路时一点不摇晃,就像在平地上走路似的。

"我又碰见你了,你到哪里去?"她问。

李不安正想说上厕所,话到嘴边又缩了回去,他没有忘记,上回章四瓦把他骗到厕所里叫他脱裤子的事,他有点害怕她,但并不恨她。这对一个十二岁的男孩来说,是一种复杂的奇怪的感情。

"我,我就在车厢里走走玩玩。"他说。

"我是问你到什么地方下车。"她笑着又说。

李不安胡乱说了一个地名。

"你的家在那里吗?"

"不是。下了火车,我再想办法搭汽车回家。"李不安说:"要转许多次汽车,头都要转昏掉。"

"你想到回家是不是很高兴?"

"高兴。"

"你是不是没有足够的钱回家?"

"是。"

"李不安,章四瓦特别喜欢你。章四瓦想资助你十块钱,让你早点回家见你的父母亲。不过我有个条件——我要给你捉捉衣服上的虱子,我特别喜欢给你捉虱子。"

李不安说:"我没有虱子。我的虱子上次就给你捉光了。我早就没有虱子了。老刺猬是个干净的人,他不允许我跟平安身上有虱子。"

章四瓦说:"什么老刺猬,什么平安……你身上肯定有虱子。让我来看看吧。"

李不安说:"好吧,你想捉就捉吧……我也有一个条件:请你先把十块钱交给我。"

章四瓦从衣服口袋里掏出十块钱给李不安,然后,牵着李不安的手到车厢门口,说:"就在这里脱吧。"李不安熟门熟路地问:"不到厕所里吗?"章四瓦说:"那里臭,就在这里。你脱下毛线衣,再脱下毛线裤,让我看看。"

李不安脱下毛线衣,又脱下毛线裤。章四瓦把毛线衣翻开来给他检查了一遍,又把毛线裤翻开来给他检查一遍,她检查的时候把毛线拉开了看,对着窗外的光线看。火车外面疾驰而过的树在她的脸上投下阴影,那阴影就像一只蝴蝶在她的脸上扇动翅膀。她检查得很快。她说:"果然是没有虱子了……"说着斜了他一眼,"走吧,到我那边去拿点吃的……你说我好不好?人家都说我是个坏女人,你说我好不好?"

李不安说:"你好。"他突然觉得章四瓦真像他妈妈,但一想之下,又觉得不对劲,好像有点像,好像又不像。他忽儿觉得这个人特别难亲近,忽儿又觉得这个人特别不能亲近。他不喜欢考虑这个问题,他到章四瓦的桌子上拿了一大块卤肉和五六个酱蛋,赶紧低着头走了。

"你不谢谢我?"章四瓦在后面跟着叫喊。

他咬着牙根说:"不谢,不谢。"

平安从来没有吃过这么好吃的东西。他高兴坏了,一面要笑,一面要合上嘴嚼食物,他就采取了一个折中的方法:张开嘴笑一阵,再合上嘴嚼一阵。到后来他不再嚼东西了,他一直张开嘴笑着。

李不安说:"你老是张大嘴干什么?"

"像我这么吃,一会儿就吃光了。"平安说:"我们说说话吧,不要老是吃东西……我觉得那个章四瓦很有意思,她为什么老想着给你捉虱子?她想不想给我捉虱子?"

李不安说:"你去问问她好了,也许她正闷得慌,愿意给你捉虱子,给你从头发捉到脚趾头,捉出来的虱子一大堆。"

平安说:"她是个好人……照我看她是个好人。你想,谁会白白地给你十块钱,再让你带回来一堆吃的东西,除了你的爹妈、兄弟姐妹、爷爷奶奶、外公外婆……她是你的什么人?她是你碰到的一个好人。"

李不安说:"那就算她是好人吧。有一次,我到张小明家里去——张小明是我的结拜兄弟,有三个妹妹,我们坐在一个桌子上吃饭,我们说,坏人是谁?坏人是黄世仁、南霸天、美国鬼子、日本鬼子……好人是谁?好人是……"

平安说:"我是个瞎子,可是我最分得清好人坏人。给你东西的就是好人,像老刺猬、曹疯子、王彪,还有这个章四瓦。不给你东西的就是坏人,像唐寡妇……这么说也不对,月香没给我东西,难道她就是坏人了?"

李不安说:"小瞎子记性真不好,她不是给过你几张糖纸吗?那几张糖纸到底是不是她给你的?"

平安说:"怎么不是?我清清楚楚记得,我在大街上拾破烂,她走到我身后说:这不是平安吗?你真辛苦,你这么辛苦晚上还写毛笔字,你的事我都听说了。我心里很敬佩你,老想送一样东西给你留做纪念,想来想去,我就送你几张漂亮的糖纸吧。望你不要见笑……"

李不安皱起了眉头:"平安,你说的这一番话我好像在广播里听到过。"

平安急急地否认:"怎么会呢?我们再说原先的话题……糖纸也是东西,我看它比东西还要珍贵。我还带着它们,就在我棉袄贴着胸口的地方。其实我也分不清好人坏人,就像曹疯子,他杀了他的老婆,还坐了牢,他是个坏人,但是我看他又像个好人。这些问题真是搞不清楚。老刺猬活着的时候,老说平安脑子聪明,这么聪明的脑子应该上大学。我看我不太聪明,就是上了大学也不能算太聪明,因为有些问题我实在搞不清楚……也许有一天我的眼睛明亮了,这些问题就搞清楚了。"

李不安呆呆地看着窗外的风景,近处的树一棵接一棵地飞快地朝后掠去,显得十分焦灼,他的心里隐隐地也有些焦灼了。他一焦灼就开始想念一些人,他把家乡的人一个一个地想过来,想到小翠子,就对平安说:"喂,平安,分两张糖纸给我。我回去的时候,小翠子肯定会问我有没有带给她什么东西?我说没有。她肯定会叹口气,而后什么也不说,就当没问过这句话……你快点给我,小气鬼。"

平安把手伸到棉袄里,摸索了好一阵,才摸出两张糖纸,其中一张还是破的。他讪笑着说:"不好意思,这张糖纸原本就是破的。不知怎么的,一摸就把它摸出来了。"

李不安说:"平安,你真不够朋友。你不如张小明那么好,张小明为朋友两肋插刀,他敢陪着我去杀人放火,别说是两张糖纸了。"

平安不服气地咕哝:"张小明,又是张小明。张小明是瞎子吗?他看得见东西,能跑能跳,能爬树,能玩弹弓,能下河游泳,能玩纸牌,还能两肋插刀……我就是想两肋插刀,也插不准。"

第二十章

两个人从火车上下来,又转了好几次公共汽车,八九天以后的一个傍晚,他们在县城里了。李不安在汽车站门口看见那个新疆女人了,新疆女人守着她的小摊子,摊子上有几个卖不出去的黄黄的冷馒头。她看见李不安,瞟了一眼,没想起来,又瞟了一眼,马上惊愕得捂住嘴。她看着李不安慢慢地若无其事地走近,紧张地说:

"你回来了?你爸爸早就回去了。他到我这里来找过你,说了两句话就走了……就两句话,我一直记着:我儿子到你这里来过没有?你看上去过得还好。"

李不安向她伸出一只手:"馒头给我两个。我和他上一顿没吃,饿得路都走不动了。"

新疆女人给了李不安两只馒头,就什么也不说了,收拾起她的东西,嘴里叽里咕噜地唱着歌回去了。李不安想:爸爸回家了。他到了什么地方然后再回去的?他现在在家里,是不是躺在床上,手里捧着他的《毛选》,看得有滋有味?妈肯定在厨房里忙她的菜。

还是先回家吧。

李不安已经身无分文了,他们两个人要走着回去。从傍晚走起,到明天早晨就到家了——也许会再晚一点,因为平安走路不太利索。但平安说:"谁说我走路不利索?我跟得上你的步子。要到家了,我心里喜洋洋的,浑身轻快得像一只蝴蝶,或者说像一只鸟,像一片云……可怜,这些东西我都没有见过。"

李不安想起去年,有一次他从家里走到县城去找父亲,走了一夜,结果没找到父亲,只看到了新疆女人。从去年秋天起,他就没有见到过父亲。虽然父亲李梦安动不动就叫他跪在地上思过,但他还是想念父亲的。

走到火葬场,李不安对平安说:"走,我带你到一个好地方去歇歇脚。"两个人找了个避风的地方坐下,平安靠在墙了,嘴里哼哼着,舒服得闭上了眼睛。李不安小声地对自己说:"睡吧睡吧,睡一觉再走吧,这样才有精神,说不定李梦安和朱雪琴两个人正拿着大棍子等着你呢。大棍子打在身上很疼,你要养好精神准备挨打。"平安睡了一会儿,心里有点不踏实的样子,就站起来,伸出手去摸摸墙,说:"你告诉我,这是什么地方?这面墙光溜溜的,是什么好地方?"他伸长头颈到空气里嗅嗅味道,说:"我觉得这地方有些古怪,我浑身骨头里面都不舒服起来。我还听见一些声音,像小鸭子叫,也像老鼠叫……"

他摸摸他们一路上带着的公鸭子,说:"李不安不告诉我,你说说,是什么东西在闹?"

李不安咕咕地笑:"是鬼叫。"

平安一下子煞白了脸:"莫和瞎子开玩笑。"

"这是火葬场。"李不安说。

平安马上哆哆嗦嗦地拎起他的竹篓子,捡起他的竹棍,惊恐地叫道:"哥,快走。火葬场里鬼太多,又是陌生的鬼,你我两个人对付不了的。"

他大踏步地先走了,嘴里不停地念念有词:"鬼来了！鬼来了！"

他们缓慢地走在公路上。三月初了,一弯眉毛一样的月亮冷峭地贴在树梢上面的天空上,满天星斗,等待深夜里闪烁出最明亮的时刻。车子一辆接一辆地过去,每过来一辆汽车,李不安就伸出手小心地护着平安,防止平安被擦身而过又疾驰而去的汽车撞倒。

后来,汽车就越来越少了。李不安拉着平安的手走到了路中间。"平安。"他说:"我们走到路中间去,这里好走一些。你不要怕,我们听见汽车响再到边上去,来得及的。"平安恶狠狠地说:"我才不会害怕呢。谁压死我,谁倒霉,他得赔一大笔钱给我。我一个亲人也没有,除了你。所以,你就把这一大笔赔来的钱收起来,把我随便朝什么地方一埋——埋得深点就是了。然后,你就带上这一大笔钱,再到青岛去找陶二三,也许她回她的娘家了——难道她总也不回娘家吗?"李不安说:"其实我不想看她了,其实她和我没多少关系。不知道那时候,为什么就是想去找她?"

两个人拖拖拉拉地走到半夜,脚步越来越沉,都耷拉着脑袋,张着嘴喘气。李不安说:"平安,我一点都不瞌睡,真的,我精神怎么这样好?我看你不行了。"平安说:"我也不瞌睡,真的,我的精神也好着呢。"李不安说:"我们走在路上无聊。我们给这只鸭子起个名字好不好?这只鸭子,我要一直养在家里,不许谁杀掉吃它的肉。等它死了以后,就埋在我家门口的大楝树底下。我家门口的大楝树真是大得不得了,不生虫,开紫映映的小花,一串一串的,有点药味,蜜蜂不喜欢叮它,嫌它苦。它结黄的果子,也是一串一串。小翠子把果子剥去皮,用果子上面的肉洗手,当肥皂用。"

平安说:"……这只鸭子叫声响亮,就叫'响亮'怎么样?你说不好?那我另外给它起一个名。这只鸭子是公的,我们就叫它小雄好不好?还不好?那叫它小黑或者小白,它的羽毛不是黑白相间吗?"

李不安说:"它又黑又白,咱就叫它杂种。"

平安一听高兴了,精神也上来了,说:"哈哈哈哈。杂种,杂种,杂种。你听见没有?你叫杂种。杂种这几天不高兴,因为它一个老婆也没有了。"

快了,家就在前面了。

孙二爷走在路上,每天,他都起来得很早,到各处走走、看看,然后到他大队部的办公室去。他和李不安就在路上碰到了。孙二爷正要横穿过公路,到公路对面去,他看见李不安,马上站住了,不动,也不说话,只是看着李不安,心里很复杂,眼睛里也很复杂,看着看着,李不安越走越近,他满眼里都是沧桑了。

李不安一看见孙二爷,立刻挺起了胸膛,他对平安说:"平安,我的仇人就在前面的路上看着我俩,我俩马上要走过他面前。所以,我膝盖骨直了起来,我的腰也直了……"

平安说:"我的腰也直了,我的膝盖直不了。可惜我不能扔掉竹棍走路。这样也好,我的脚和竹棍一起跺在地上,会发出很多声音……"

李不安和平安昂首挺胸地走近孙二爷,又目不斜视地走过孙二爷。李不安朝地上吐了一口唾沫,平安也朝地上吐了一口唾沫。他们两个人,留给孙二爷两个挺得直溜溜的背影。孙二爷叹了一口气,又叹了一口气,还是站在那里不动,看着李不安。李不安站了很远,猛地转过身,只见孙二爷呆呆地看着他,他就对平安说:"平安,这回我回来,觉得孙二爷并不那么坏了。我不想烧他家的草堆,也不想烧他家的屋子了。以后我当了军官回到家乡,看见他,就对他讲:孙二爷……不,不能叫他孙二爷,叫他孙什么……就叫他老孙吧。老孙,最近,你的工作开展得如何?你家小三子的病好了没有?你是不是老老实实地回避着朱雪琴,她和你说话,你也只当没听见,远远地躲着她。她说要给你做个西瓜鸡,你说吃不得吃不得,我一吃就拉肚子……老孙啊!我的手枪里装满了子弹,对准你后脑勺'啪'地一下,你就完蛋了。但是我想,我想想,节约节约子弹吧,咱还要和美帝国主义打仗……"

到汽车站,李不安停下了。他看见张小明戴着军帽,背着书包,懒洋洋地从家里出来,一边打着哈欠,两只手伸到空中用劲地伸懒腰。

李不安叫道:"张小明,你早自修迟到了。"

张小明说:"不迟到就不叫张小明。"他说完这句话就愣住了,又惊又喜,不打哈欠,也不伸懒腰了,飞快地跑上公路,扬起手,两个孩子的手就在空中拍响了。他一本正经地问:"兄弟,好久不见,什么时候上的井冈山?"又问:"这个小瞎子是谁?"

李不安说:"这是平安,我认的老弟。平安,这是张小明,我认的兄长。"

平安赌气说:"你认的兄长,不是我认的。"

张小明说:"我一不留神就犯了个大错误。来,平安,我们拉一把手,从此以后,我不叫你小瞎子了。李不安,你快回去吧。你不知道啊,你走以后,你妈就到我家来闹,说是我妈骗你走的。李不安,你妈真厉害,你妈和我妈打了两架,每次都是你妈赢了。我妈自从吃了几次败仗以后,连话都不说了。我爸回来骂我妈,说她没有管教好我,就住在县城里不回来了。他早就不想回来了,他在县城里有一个女人……每次打架的时候,我家门口就聚了许多人来看热闹,人山人海啊,像看电影一样,我张小明就在里面吆喝——收钱喽,收钱喽,谁要看请交钱……后来,我想这事情是我引起的,她们两个人无休无止地打下去,人家要笑话我张小明的。我就趁乱在手臂上划了一刀——用刀背划的,划了一条阔阔的白印子。不过也疼啊,不疼没有效果。我疼得龇牙咧嘴的,把半瓶红墨水倒在手臂上。我站在家门口大喊:你们别打啦。你们看看我张小明在干什么?她们马上不打了,你妈转身就走了……现在我送你回去。张小明送你离开家里,现在再把你送回去。"

李不安说:"你不上学了?"

"如果有比上学更重要的事,"张小明说,"我就不上学了,如果没有比上学更重要的事,我就上学。我要告诉你三件事,第一件,我又留级了,春节前的升级考试,我一门都没有及格……"

李不安听了笑笑,继续朝前走。

"第二件事,你爸爸回来了。你走了不到一个星期,你爸爸就回来了。还在学校里教书。你回去的时候他肯定还在家里没走呢。"

李不安的心扑通扑通地跳起来,他哈哈大笑,"真的回来了?我听人家说了。我马上就要看见他了。我看见他以后说什么呢?

我对他说:你家门口的地侍弄得不错。"

"第三件事……小翠子死了。春节前死的,人家都说,瞎子给她算过命,说她活不过春节。她真的没活过春节。"

李不安停止了笑,低下头不说话了。

小翠子死了?

看见家,李不安虚弱得走不进去,他现在虚弱得连一张纸都撕不动。他站在家门口,帆布包从他的肩膀上滑到地上,他手上的鸭子也掉到了地上,杂种"嘎"地嚷嚷了一声,表示不满意,朱雪琴马上神经质地在里面惊叫一声:"谁?"出来一看,一时没有反应过来,愣在那里看着李不安。张小明扔下李不安和平安的衣服包,说:"李不安和平安……到此一游。朱雪琴,我把李不安送还给你了,以后你不要再和我妈打架了。"

张小明前脚刚走,朱雪琴随后咕咚一声倒在了地上。她倒在地上以后还是睁着两眼的,她看见房梁上面一只燕子的旧巢,就想:燕子也快回旧巢了吧?这么一想,悲喜交加,忍不住大哭起来。

李梦安听见朱雪琴的哭声,就从房间里走出来了。他看见了他的儿子李不安,他觉得儿子瘦了高了,眉宇间有了一些沉着。他面对着好像长大的儿子,心里有点困惑不定。他眯起眼睛,打量着儿子,他闻到了儿子身上那股熟悉的气味,刹那间,所有熟悉的东西都回来了,他激动起来了。他故作镇定地问:"你回来啦? 你还想着回来? 跪下。"李不安想,是先去扶朱雪琴呢? 还是先跪下。他看见他的母亲晃晃悠悠地从地上坐起来了,脸色红润,又喜又怨地看着他笑。他连忙对着母亲跪下了,还对平安说:"平安,你也跪下。"

李梦安说:"跪下了……好,好好跪着,我去拿棍子……我到房间里去拿棍子,我要劈头盖脑地狠狠揍你一顿,叫你以后还敢溜出去?"

他到房间里,关上门,仰天倒在床上,马上又站起来了,先狠狠地锤自己的头,又重重地擂自己的胸膛,疯狂地折腾一番,才坐到床边,张着嘴无声地流出了眼泪……然后,他整整仪容,出去,手里拿着他的备课笔记本。李不安和平安还跪在那里,朱雪琴不见了,他猜想是到厨房去了。他不看他们,嘴里叫着:"雪琴,雪琴……我上课去了,今天上午有我的课。"走过他们的身边时,他自言自语:"棍子没有找到,找到了备课本……我要上课去了。"

他双手朝后一背,很有风度地走了。

李不安的膝盖在地上磨转了半个圆,冲着父亲的背影跪着,喊:"爸,跪在我边上的是平安,他是我带回来的弟弟。你没有跟他说过话。"

李梦安头也不回地说:"他给我下跪,就是我家里人了。他姓什么?"

平安说:"我没姓。老刺猬一直叫我'平安''平安',从来不说我姓什么?"

李梦安回过头说:"那你就叫李平安吧。"

平安高兴地从地上站起来,说:"我姓李,我叫李平安。李不安,你带我看看家里有些什么东西,大楝树在什么地方,我要摸摸它们。"

接下来,李不安躺到床上睡觉了,而李平安却在屋里到处转悠,摸他碰到的每一样东西。他不停地念叨:"哎呀,我碰到了一个好人家。哎呀,真是……"后来他摸到了李不安,一头栽倒在他身边,睡着了。

朱雪琴给李不安和平安整理他们带回来的东西,她一面整理一面不时地发出感叹:"啊!这些破烂衣裳……啊!一只鸭子……啊!一把手电筒,不亮了……啊!一只不知道干什么用的小瓷钵子。一只又破又脏的竹篓子,一只帆布包……啊!这是我缝的帆布包……"

吃了午饭,李不安独自走了出去。走着走着,他才知道自己的脚是朝小翠子家里走的。小翠子已经死了,还去干什么呢?他不知道。

走着走着,他看见小翠子的大黄狗了,原来大黄狗又摸回家了,大黄狗的脖子里还留着小翠子的一圈裤带,拖下来的部分已经磨损了,脖子上围了一圈,就像带了一条项圈。这么长的时候,居然没有人想到给它解开。

它戴着裤带项圈,紧闭着嘴,神情严肃地不慌不忙地走在土路上,好像要去赴一个重要的约会。不认识它的人,会被它迷惑,因为看不出它是从什么地方来的,也无可猜测它将到什么地方去。它看上去尊严而内向,煞有介事,略有点傲慢……总之,它不太像一条狗。

李不安唤它:"狗。"

这一唤,把它还原成狗了。它停下脚步,看见了李不安,马上摇起尾巴,一蹦一跳地靠近李不安,把它的头放到李不安的手里,舔李不安的手腕,它的舌头暖暖的。

短暂的激动过后,狗退后两步,稳稳地坐下,面对面地看着李不安,眼睛里装满理解。

"狗,小翠子死了是不是?"李不安问它,"所以没人给你解开脖子上的裤带。那小翠子活着的时候为什么不给你解开呢?哦,我知道了,她病得一点力气也没有了。她整天躺在床上,哪有力气给你解开?你过来,我给你解开。"

李不安费了很大的劲才解开狗脖子上的裤带。解开以后,狗就走开了,脖子里空空的。

……走着走着,他看见小翠子的妈了。他不想见到她。

"李不安。"小翠子的妈从河埠上追过来,"李不安。我有话和你讲。"这一声带着哭腔。

"李不安,我听说你回来了。"她捋捋脸颊上散乱的头发,她还留着长到腰里的辫子,她的头发不如小翠子的好看,黄黄的,毛毛的。"我家里还有饭,你跟我回去吃点吧。"

她仔细观察着李不安的神色。

"我吃过了。"李不安说。

"是啊是啊,我忘了。你妈肯定给你做了许多好吃的,你妈的手真巧,会烧那么多好吃又好看的东西。我以前老对小翠子说,去看看李不安的妈妈烧菜,学学人家怎么烧,以后也……小翠子死了,你知道不知道?"

李不安一听,扭头就走。

小翠子的妈丧魂落魄地空着双手,嘴里说道:"小翠子死的时候说,你对她说,你在飘雪的时候就回来了……飘了七八场雪花你也没回来……小翠子的坟在乱坟岗里,靠小河边,一个最小的坟头,有只小花圈还在那里,是小学校送的……你去看看她吧。"

第二十一章

李不安记起来了,他走的那天早晨,他遇到了小翠子。小翠子在割草,大黄狗跟着她。小翠子说,瞎子给她算过命了,她活不长,活不过春节。她问他什么时候回来,那时候,村子里还有芦花在飘着,他就说,飘芦花的时候回来。小翠子说,不行,飘芦花的时候她早就死了。所以他有口无心地说,那就飘雪花的时候回来……再后来,就忘了……好像是很久以前的事了。

乱坟岗不远,走过去半个小时就到了。

太阳热了,泥土变得温暖起来,土壤深处的水分开始朝外面渗透,使得空气里有一股酸涩的味道,这股味道告诉人:土壤解冻了。

在解冻的土壤里有什么?有小翠子好看的头发。小翠子又长又黑的头发给严寒冰在土壤里,拉都拉不开来。现在解冻了,她从土里拉出她长长的黑发,不知对谁露出甜甜的微笑。

蚂蚁成群结队地从草根里爬出来,苍蝇栖在枯草的顶端,在风中惬意地飘荡。第一只蝴蝶是不是早就从它的窝里爬出来，在太阳下面晒它麻木的翅膀？鹅和鸭子在没有冰块的河里欢快地嬉闹……生命极端膨胀的地方，就是生命大量消亡的地方。李不安朝乱坟岗去的路上，看见了一只死麻雀、一只死蛤蟆，一头灰色的野兔子只剩下了部分躯体躺在向阳的草坡上，那只死麻雀干瘪得只剩下羽毛，死蛤蟆紧紧地贴在地上，好像是地面生出来的一块斑，它一定是在寻找一条合适的河流产卵。这是一只早早离开冬眠的蛤蟆，是一只强壮的蛤蟆。而那只野兔子，它的眼睛看着天空，混浊的眼珠已不能反射太阳的光芒。

能看见乱坟岗了，在午后的太阳光下面，它显得坦荡而平凡。在满月的照耀下，它是妖冶的；而在下着雨的时候，它则万分诡秘；刮狂风的日子里，这里萤火点点；天气晴好的深夜，这里鬼声啾啾。

小翠子就住在这个地方。

乱坟岗的边上，有两间茅屋。曾经住过一家三口，后来他们就搬走了。李不安倚在茅屋的墙上，满怀困惑地看着乱坟岗……他闭上眼睛抬起头，让太阳晒到脸上，慢慢地，他觉得太阳把他晒红了，晒得有点透明。他的身体轻如羽毛，与空气融为一体。他飘起来，慢慢地飘起来，飘在空中。离了躯壳的李不安，在他的知觉的指引之下，(清澈而无所不能的知觉)沿着乱坟岗的边缘飘浮了一圈。他看见了大大小小的一些坟茔，整齐的或者破败的,新的或者旧的,高大魁梧或者矮小瘦弱的……他看见了小河,河边上长着隔年的芦苇,曾经被冬天的冷风肆虐过,全部折断在水里。小翠子的坟就在这里,小小的一个土堆,仿佛赶集,因为人太多,她被别人挤着挤着就挤到了潮湿寒冷的水边。这是一条寂寞的河,因为寂寞而永远冰冷,靠近它的土地也永远不会温暖……她的坟边有一只小小的花圈,上面的字依稀可见……他看见小翠子的坟,就像看见了一棵树、一块石头,或者一片云……这都是司空见惯的东西,所以他无哀无悲。他又飘回来了,看见坐在茅屋墙边晒太阳的自己——又一个李不安。他想,又一个李不安,一个李不安看着另一个李不安。分解成两个的生命,在空中的看着在地下的那一个。一个世界里,有两个自己,一个凝视着另一个……一个消亡了,另一个还在吗?

还在。

李不安睁开眼睛,从茅草屋的墙边站起来,没有再看乱坟岗一眼,走了。

第二十二章

　　李不安回来以后,父亲李梦安一共找他谈了三次话。第一次就在李不安回来的当天晚上,吃好晚饭,李梦安对李不安说:"你知道你今天睡什么地方吗?"

　　李不安马上回答:"当然知道,厨房的草堆里。"

　　李梦安赞许地点点头:"不错。你说得不错。不过,平安不睡厨房,平安没犯错误,就你一个人睡。"

　　平安说:"我不喜欢睡草堆里面,草堆里面有跳虱。我从小到大,一次也没有睡过草堆……要不然,我陪你睡。"

　　李不安说:"不。你没犯错误。我才犯了错误。"

　　李梦安严肃地说:"一个严重的错误。"

　　朱雪琴在厨房里转悠了半天,才恋恋不舍地给李不安关上门。李不安身上盖着一床棉被,身下垫着一床棉被,棉被下面是软软的稻草。他缩在棉被里面,舒服得动都不想动一下,舒服得只想叹气。

朱雪琴回到房间里,一看见李梦安,脸就刷地挂了下来,冷若冰霜。李梦安对她说:"嗨,你的脸一下子拉长了,就像一张马脸,一点也不好看。"朱雪琴说:"我不好看,我没有新疆女人好看。"李梦安从床上挺起来,恼火地说:"新疆女人有味道,孙二爷怎么样?"朱雪琴厚着脸皮说:"孙二爷没有新疆女人有味道,新疆女人身上都是羊肉的腥膻味道。"

这句话说完,两个人都怔住了,你看看我,我看看你。李梦安抓起他的《毛选》翻开来看,朱雪琴也抓起她的菜谱有一搭没一搭地朝心里记。

李梦安开始念:

第二,中国的革命,它反对的是什么东西?革命的对象是什么呢?大家知道,一个是帝国主义,一个是封建主义……

朱雪琴也开始念:

鸽蛋十只,黄鳝两条约三百克,大河鳗两条约三百五十克,肥膘虾茸一百克,火腿一百克,鸡肉一百克,熟笋五十克,鸡毛菜二百五十克,高汤五百克,绍酒一百克,酱油二十克,葱二十克,姜二十克,蒜泥二十克,花椒一十五粒……

李梦安念了一阵,放下书,推到朱雪琴身边,搂住她,说:"算了,我们不要这样斗气。这样斗气像两个小孩似的。我问你:我从回来那天算起,没有和你吵过架,是不是?你点头了,说明我没有瞎讲。我从回来那天起,从来没有辟过谷是不是?该吃饭时吃饭,该爱你时爱你,是不是?你点头了,说明我说的是实话。我们两个人,谁也不提新疆女人和孙二爷,好像他们没有存在过一样,是不是?你点头了,说明我没说谎,其实,新疆女人和孙二爷都是过去的事,我们都不愿意讲,因为讲了对我们的生活没有一点一滴的好处……我们今天管不住自己的嘴,终于讲了出来。为什么在今天这个喜日子说这些难听的话呢?儿子今天回来了,我没打他没骂他,让他睡一夜厨房作为惩罚,这不算过分。况且你又拿了被子给他垫在下面,我也只当没看见。他睡得那么舒服,就像睡在宾馆里一样……看上去我们是为儿子睡厨房的事情吵,其实不是。我们一直就想吵,是不是?你点头了,我的猜测是对的。今天是最合适吵架的时候,因为今天的日子既不好也不坏——儿子回来了,日子不坏了。但我们的处境并没有因此而好起来,我们还像以前一样觉得前途不妙。所以,今天一定要吵架的——过了这个村,就没这个店了。今天儿子回来,我特别有想法,这么大一点的小孩,会跑到青岛去看一个陌生的人,这是一种精神。我想,小孩子都有这种精神,我们做父母的,更要有这种精神……当然,你总在做各种好吃好看的菜,我总在看美女图,这都是人的一个盼望……我们为什么不盼望到一起呢?我们为什么总是各做各的呢?我们为什么不找一件事情一起做呢?"

朱雪琴柔顺地说:"你说了这么多的话,我的气也消了。今天确实是个吵架的好日子……我们一起做些什么呢?"

李梦安恶狠狠地说:"咱们什么都不能做……咱们生小孩还不行吗?"

朱雪琴仰天倒在床上,大笑。笑完,她把毛茸茸的头移到李梦安的膝盖上,若有所思地说:"一起生个孩子……一个女孩子,漂亮的女孩子,名字就叫李平静或者李瓶(平)儿。"她又笑了,妩媚地斜着眼睛看看李梦安。

李梦安说:"快。大干快上,力争上游,只争朝夕。我们说干就干……我来给你脱衣服。我听人家说,生女儿,动作一定要温柔,要细致,要……"

朱雪琴对着窗外叫了一声:"不安。"

她开始穿衣服,对李梦安说:"不安在外面站着,他肯定有话对你讲。"

李梦安又一次不满意地说:"你们母子两个,总是心有灵犀似的,我呢?我显得像个蠢人、外人。你们是什么关系?……你进来吧……你坐下,坐到床沿上,别客气。"

李不安客气地对父亲讲:"爸,你看上去气色很好,身体也很健康。真的很健康。"

朱雪琴抿着嘴笑了起来。李梦安忸怩着说了:"是的,我身体很健康,所以气色好。我也想得开,你看,我吃了冤枉官司后,还是坚持学毛主席著作。"

李不安问:"爸,吃饭时,你说我犯了个严重的错误。我来问问,我这个错误是不是个严重的错误?"

李梦安严肃地回答:"很严重。主要是你跑得太远了。我们当然知道你会回来……但是天知道你什么时候才回来。"

李不安又问:"严重到什么程度?"

这个问题难不住李梦安,他飞快地回答:"严重到非常深的程度,像一个人生病了,生的病很厉害,眼看着就要死了……"

第二次谈话是在回来第二天的下午。朱雪琴出去了,李梦安从学校回来,拿着墨水、写字本和毛笔,这是平安早上向他要的。他把这些东西给平安,然后就把李不安叫到房间里。靠窗放着写字桌,李梦安坐在写字桌前,桌上放着一排书,一只闹钟,一只花瓶。花瓶里插着两根孔雀的羽毛,一把鸡毛掸子。写字桌上方的墙上,挂着朱雪琴和李梦安的结婚照,两个人害羞地微笑着,一副不知愁的样子。

李不安不坐,靠在墙边的竹书架上,两只手先是插在裤子口袋里,后来又拿出来垂在大腿边上。

李梦安很当回事,特意点了一支香。他对李不安说:"为什么点香? 点香,雅称焚香。要洗手焚香,或沐浴焚香。焚香时,人就是安静的。你看着这一缕淡香袅袅升起,再渐渐消散,你的心情就会安静下来,安静得就像另外一支香……今天我找你谈话,是想问你几个问题。第一,你在外面学到了什么知识?"

李不安想了一想说："卖花生。"

"第二,你还想不想读书?"

"不想。"

李梦安说："我听见你和平安唤那只鸭子叫什么,叫'杂种'。这个名字不雅,也不准确。平安说,这是你起的名字。你起的名字,我就知道你的意思了。你是想,那只鸭子是黑白相间的羽毛,就叫它杂种了。准确地讲,应该叫它'杂色'。你不点头,我说错了?"

李不安说："爸,你有没有想过,这只鸭子的爸爸是黑的,妈妈是白的,生下它是个又黑又白的杂种?"

李不安说："没想过……那还是叫它杂种吧。"

第三次谈话是在李不安回来以后的第三天午后,李梦安下午上了一节课就回来了,朱雪琴到集市上去采购食物。李梦安坐在写字桌前,李不安站在靠墙的竹书架边。李不安的两手插在裤子口袋里又拿了出来,垂在大腿两边。李梦安点上了另一支香,把上次点过的那支残香扔掉。

这次谈话是朱雪琴和李梦安计划好的,他们想知道李不安在外面做了些什么事,遇到过什么人,总之,李不安出去的那几个月中,他身上发生过什么事情。

"我和你妈都觉得,关心你太少了。"李梦安说,"所以,你妈昨天晚上先对我说,李梦安,养不教,父之过。你应该全面了解一下李不安出走的那几个月里,发生过哪些事,她就是这样对我发号施令的……以后她会经常这样对我发号施令的。她一会儿说要吃酸的东西,一会儿又说要吃甜的东西。她怀你的时候就是这样做的,那年冬天,她怀着你。外面飘着大雪,她对我发号施令:李梦安,我想吃杨梅,不要尖刺杨梅,要圆刺的。我对她说,好吧,我们马上躺下去睡觉,一起做一个梦,在梦里有一棵杨梅树,我们两个人,一个爬上树去采杨梅,一个在树底下吃杨梅。哎呀,好吃啊……哦,我们还没告诉你,我和你妈准备再生一个娃娃,当然要生一个妹妹才好……我说到哪里了?"

李不安提醒他:"妈叫你来关心我。"

"是啊,是你妈先提起这个话题的。你妈多好啊!你说你妈好不好?你妈当然好啦!你不用把头点得那么用劲,我看得见。人家都说你妈和孙二爷怎么怎么,我怎么没有发现呢?我回来以后从来没有发现,她天天都和我睡在一起,每时每刻都在我的眼皮底下。她除了爱我还能爱谁……真的,我没有发现她和孙二爷怎么怎么。"

李不安说:"我也没发现。真的没发现。"

"就是她真的有这回事,那也不能说明什么。她还在我们的家里,给我们烧饭、洗衣服、整理被窝,她还在家里和我们说话,关心我们,晚上还是和我在一起睡觉。"李梦安接着说:"当然这是我退回一步这么想……问题是,她根本就没有跟孙二爷怎么怎么过,这都是人家的传言。人家的嘴巴在那里说东道西,我有什么办法呢?我就不太好办了。你知道,我经常要碰到孙二爷。我碰到他的时候,应该摆出什么样的态度才恰当?是不卑不亢的样子还是略有成见的样子?是藐视还是仇视?是怒形于色还是矫饰?是装傻还是冷漠?……"

李不安靠在书架上,换了一条腿支撑身体,他喜欢这场谈话,两个男人议论一个女人,喜欢一个女人,生活就这样变得平静而实在。他说:"你就挺直了腰走过他面前,像我这样,脸上什么表情也没有……我走给你看看。"李不安走了几步让父亲看。

李梦安说:"不对不对。你的脸上表情太丰富了,你的样子就像要去杀一个人。"

李不安慢慢退回书架,使劲地想:不对不对啊,明明不想杀孙二爷了嘛,明明觉得他不是那么坏透顶了嘛,明明……他看了一眼他的父亲,只见他的父亲一支胳膊搁在桌子上,一支胳膊搁在椅子背上,搁在桌子上的那只手抓了一本书,把书一下一下地拍在桌子边上,眼睛好奇地注视着自己。而这时候李梦安在想:这个人是谁呢?这个人叫李不安,是我生的儿子。他越来越大,我就对他越来越陌生,他对我就越来越了解。我们之间慢慢地生分,因为生分而彼此说谎,当然,并不是我们一定要说谎,而是……然后有一天我们会突然亲近起来,因为我们的谎言来自同一个地方。

李不安想走了,他站在那里觉得不舒服。

"你坐下,坐下就舒服了。"李梦安说。

李不安不肯,他还没有学会在父亲面前坐着思考。

"刚才我想说什么了?"李梦安一拍脑袋,无限懊丧地说:"从公安局把我错抓了以后,我说的话总是前言不搭后语。那天上语文课,上着上着,我突然发现我在讲数学上的问题。我就问同学,我一直在讲数学吗?他们说,是啊你一直在讲数学。我说你们为什么不提醒我?他们说谁敢啊,我们以为你精神不正常了……我精神是有点不正常了,我记得有一次,派出所的女民警把户口簿扔到我脑袋上,从此以后,我脑袋里面总是嗡嗡响,像听了一个大嗓门的人讲了半天的废话……我想起来了,刚才我说,你妈和我对你关心太少……我们想问问你,你出去的那几个月,发生了什么了?"

李不安说:"我卖花生……"

"我知道你卖花生,你在哪里卖花生?"

"我在一个火车站外面卖花生。有壳的熟炒花生,一毛一分钱一斤,人家要是一下子买两斤的话,就卖一毛钱一斤,一下子买两斤的情况很少,不过有一个人一下子把我篮子里的花生统统买走,给了我一块钱。"

"说下去,爸爸洗耳恭听。"

"我碰到一个老奶奶,给我吃,给我洗澡,还叫我留下来不要走了……王彪是个好人,我以后要去看他……老刺猬供我吃喝,还教我写字,我叫他爹……他是春节前死的,跟小翠子一样……火车上碰到一个章四瓦,幸亏她给了我十块钱,所以我能早点回家……还认识一个好香。"

"就这些了?"

"没有了。"

"你的事情太简单了。爸爸我在外面旅行了一个多星期,经历的事情比在家一年还多。我讲给你听听,你再把你的事情告诉我。你不说话,说明你同意了……我讲了……我出去的第一天,搭的是一只运输船。运输船装满了砖头,要把砖头运到河北去,船就停在县城的河码头上,早晨,我一上船,船就开了。开船以后,船老大过来,说,本来和我讲好了在船上连吃带住,一天是两块钱。后来他想想这笔交易不合算,如果我想回去的话,现在就把我送回去。我对他说,不回去了,价钱再商量。船上有一个年轻的女人,在船上打扫卫生,给一船的人烧饭洗衣服。夜里,她睡到我的旁边,我请她不要睡到我的边上。她说那好吧,你不让我睡你旁边,你得用钞票打发我……我碰到的事情实在太多,三天三夜也说不完,以后有时间的话我再讲给你听。现在该你讲了。"

"没有了。"李不安顽固地坚持。

"这是你妈叫我来问你的。"

"我说没有,妈就不问了。"

"是啊,你一说没有,你妈就相信了。你妈对你多好啊!你妈对我也好。你妈是个好女人,我碰到过很多好女人,比较起来,她们都没有你妈那么好。当然她有点小市民气。"

"什么是小市民气?"

"就是俗气,是城市里的俗气,小街小巷里的俗气……我第一次看见你妈就在一条小巷子里,她和你外婆走在我前面,背影特别美。我骑着自行车跟在后面。我知道许多女人的背影都很美,但就是不能看她的正面。我忍不住骑到她前面去看了一眼,一看就看得眼花缭乱,浑身无力,四肢麻木……"

"为什么要四肢麻木?"

"这个,主要是你妈生得美……李不安,你说说你妈美在什么地方?"

"妈的头发美,黑亮亮的。妈的牙齿美,白亮亮的。妈的手美……"

"你说的都是普通的美。你妈的后背才叫美:一条沟从头颈下面一直通到腰那边,这是不折不扣的美人背。你妈浑身的皮肤又嫩又细,轻轻一碰就是一块粉红色,再热的夏天也不出汗。她的膑骨、踝骨、腕骨、趾骨、跟骨、指骨、肘关节,全都细致得摸不出来……这么多骨头我一样也没有漏掉。"

"爸爸,你能说出来这么多的骨头?"

"爸爸对人体有点研究。爸爸看美女的时候,一眼就能看出她的好坏来。譬如我看那本《毛线编结法》,里面那么多美女,真正美的只有一两个,大多数就是穿上了合体的衣裳装装美人的样子,经不起我李梦安双眼的推敲……爸爸这是在教你生活的知识,这是男人应该知道的知识,所以你不要把我说的这些话告诉你妈妈。现在,该是你说说你在外面的事情了。"

"没有了。"李不安说。

父子间一阵沉默。李梦安认真地审视儿子,猜想着儿子没有说出口的那些话,他心里叹了一口气,不想问下去了。他想,那些没有说出口的话,才是他们父子间的默契所在。他说:"好了,我不问你了,我知道没有什么坏的事情发生过。平安想上学,明天,你和他一起上学。"

李不安说:"不上。"

"李不安,你怎么老是和我作斗争呢?"李梦安说。

第二十三章

　　李不安还是和平安一起上学了。平安不想用竹棍子探路,他认为既然做了学生,就不能像瞎子的样子。当然他是个瞎子,但他可以假装不是个瞎子。

　　所以李不安只好拉着李平安的手上学。他们在路上遇到了张小明,后来又碰到了小虫子、小黑子和小强,小翠子活着的时候,这三个人经常惹她生气,小翠子一死,他们没有人惹了,有点提不起精神。

　　"李不安,你上几年级?一年级?"他们问。

　　"是的,我上一年级。两个月后我就上二年级,四个月后我上三年级,六个月后我上四年级,八个月后我上五年级……你们小学毕业的时候,我也小学毕业了。也有可能你们不能毕业,可是我毕业了。"

　　平安在旁边着急了:"那我呢?我怎么办?我肯定不能像你这么跳级。你这么跳来跳去,简直像一只跳蚤。"

小虫子、小黑子、小强把平安围在当中,问:"李不安,这是你的什么人?你在什么地方把他捡到的?"

李不安推开他们,发出警告:"告诉你们,这是我老弟。你们谁要是推他一下,我就踢他的屁股一脚。谁要是打他一下,我就把他打倒在地上,骑到他脖子里,把他当马骑。"

张小明在一边说:"我和李不安是弟兄,他要是揍谁一下,我也会揍谁一下。他踢谁的屁股一脚,我也会踢谁的屁股一脚。他骑到谁的脖子里,我就骑到谁的腰上。"

李不安和平安坐在一年级的课堂里。桌子矮,凳子低,他们戳在那儿,像两根木桩子。

孙大舅带一年级的语文课,他是个不会变通的人,他对一年级同学说的话,跟对五年级同学说的话一个样,反之,他对五年级同学说的话跟对一年级同学说的话一个样。

他先点名,哗哗地翻点名册。

"李不安,李平安。"他一下子点了两个人的名。

平安举起手,恭恭敬敬地说:"到,到。孙老师,我早就到了,坐在这里半天了。"

孙大舅说:"李平安,你只要说一个'到'字就行了,不必说两个'到',也不必说那么多的废话。李不安没有说'到',但是我看见你坐在那儿了,你不说也不要紧。我知道你有点难为情……"

李不安说:"你怎么知道我难为情？我一点不难为情。难道上学应该难为情吗？"

孙大舅说:"李不安,你说话偷换概念,难怪人家都说你调皮……好了,我今天不讲你了,本来我想讲讲你的,因为你是个特别的孩子,就像我小时候一样。我小时候,大人都说我长大会有出息。有一次,我一个人走在路上,碰到一只红毛狐狸。我想,逮到这只红毛狐狸,我就有一张红狐狸皮了,家里人就能吃一顿狐狸肉。我追啊追啊,从中午一直追到黄昏,突然,狐狸站起来用前爪对着我拜了两拜,一道烟一样地跑了。回去以后,我父亲叫了一个算命的先生给我掐掐吉凶,那算命先生说……我们不说这个了,今天就讲讲李平安吧。"

平安赶紧从座位上站起来,举了举手又坐下。

孙大舅在黑板上写了"李平安"三个字,说:"我把'李平安'这三个大字写在这里,你们都看见了,唯独这个名字的主人看不见,为什么？"

下面齐斩斩地回答:"他是个瞎子。"

"对,他是个瞎子。"孙大舅说,"瞎子也来读书了,这是一件新闻。其实,他不是来读书的,他是来听书的。他看不见我们写的字,他心里肯定很急,他肯定是难受的。你们说,他看不见字,难受不难受？"

大家一齐说:"难受。"平安的声音叫得比谁都响。

"瞎子读书,这是一件先进事迹。瞎子为什么来读书呢,他有什么目的呢?这件事情告诉我们,人在最困难的时候,他必定会找一件高尚的事情去做。人在逆境当中,是不会放弃理想的。就像我孙大舅,刚当校长的时候,各种风言风语接踵而来,我们这个地方一向是庙小风浪大,天高皇帝远,谁也管不了。虱多屁股痒,人穷废话多……踵是什么意思?踵是脚后跟。说到脚后跟,还有一件伤心事:你们的大舅妈,就在我当校长以后,听信别有用心之人的挑拨离间,用一把菜刀砍伤了我的脚后跟……我们还是说说李平安吧,众所周知,他是个瞎子……"

放了学,李不安还是搀着平安的手回去,平安的脸喜洋洋的,他努力让自己走得不像个瞎子。两个人回到家,朱雪琴在门口迎接他们,笑着问:"两个大学生回来啦?今天肯定学了不少知识吧?第一节课讲了些什么?"

李不安说:"瞎子。"

过了一个多月,朱雪琴发现自己怀孕了。她整天作呕,手和脚都懒得动。她认为会是个丫头,因为怀着李不安的时候,她一点没有感觉。她给李不安和平安检查作业的时候,把自己怀孕的事告诉了他们,叫他们给妹妹起名字。

"平静,"李不安说,"平凡、平易近人、平头百姓、平心而论、平定、平(萍)水相逢、平分、平面、平时、平淡、平声……"

朱雪琴夸奖道："不安真聪明，刚读书就学会了这么多词。你可以升二年级了。妹妹生下来就叫平水……这个平水老叫我作呕。"

朱雪琴自从怀孕以后，她就不再热心地照着菜谱做菜了，她自己觉得奇怪，为什么以前会对菜谱发生那么浓厚的兴趣。她现在就整天幸福地冥想未来的闺女会是个什么样子，鼻子、眼睛、嘴巴……她一样一样地给未出世的闺女设计好了。至于饭菜，她挑最简单的做，没有人说不好吃。李梦安也和她一样，相信她怀着一个千金。李梦安丢掉了他的美女书，他对朱雪琴说：

"照片上的美女有什么看头？我们生个大美女出来，整天盯着她看，看个够。"

现在是四月中旬了，天气越来越暖和，被太阳照不到的地方也暖和了，野草从各个地方冒出芽来。天气一暖，事情就多了起来：五十多岁的小学校女副校长生了个儿子，她很胖，所以人家看不出她怀孕，这是她第四个孩子。她丈夫在孩子生下来的第十天，叫了放映队到小学校的操场上放电影，放的是《智取威虎山》，正当小常宝感叹身世的时候，小学校的家属区着火了——烧着的是草堆。大家一会儿看银幕上的人哭哭笑笑，一会儿扭头看后面的燃燃大火。据说有个妇女就在这个混乱的当口被人强奸了，因为大家的注意力一会儿在银幕上，一会儿又在家属区的大火上，她被人强奸时发生的动静,居然没有人去注意。当然,谁叫她不叫喊?她当时一声不吭,事后倒逢人便说。人家都说这不能算是强奸,连下来调查的工作组都说很难把这件事情定为强奸案子。

孙大舅上五年级的语文课时,说:"昨晚,放电影的时候,家属区的草堆被人烧着了,谁会烧几堆草呢?想想看,谁会没事干去烧草呢。"

下面都叫:"李不安。"

于是李不安就站在了孙大舅的面前。孙大舅的办公室是小小的单独一间,一扇门,一扇窗,门对着操场,窗对着校外的路。窗外是一排高大的洋槐树,枝上有刺,夏天会开白花,花晒干了可以油炒着吃。洋槐树边是一条堑沟,是孙大舅亲自带着同学们挖出来的,为的是响应毛主席"备战备荒"的号召。挖到一米深还没有水,反而挖出了几处神秘的洞窟,洞窟里有一些泥做的窝头,掰开泥窝头,里面有着野草的馅……孙大舅说:"不要相信迷信……大家不要挖下去了,回课堂读书。"然后,他自言自语地说:"敌人真来了,这些沟沟坎坎顶个屁用。日本鬼子来的那年,好多人藏在地窖里不是也被拉了出去?"

孙大舅今天又想起日本鬼子来了。他指着窗户外面的堑沟对李不安讲:"这条沟是做什么用的?防备打仗用的。我们要全民皆兵,敌人一来,个个都是战士。再不能像日本鬼子来的那年,一看见膏药旗,满地的老百姓,窜得跟兔子似的。我亲眼看见的,哭的哭,叫的叫,满地的老百姓……日本鬼子不慌不忙地放火、杀人,我家的房子就是那次被日本鬼子烧掉的,我家本来是地主,一烧烧成个下中农……这样也好。"

李不安说:"校长,昨夜里那把火不是我烧的。"

孙大舅说:"你怎么知道我要问你着火的事?"

"他们都在说:李不安,真能干。看电影,要烤火……我为什么要烤火?又不是冬天。"

"你有前科,你烧过孙二爷家的草堆。"

"那是以前的事,我现在不会这么做了。"

"你说说,为什么你现在不会这么做了?"

李不安说:"我现在胆子小了。"

"我又看不见你的胆子。"孙大舅说,"看不见你的胆子,就不能证明你的胆子比过去小了。就是看见了,也不能证明你的胆子比过去小了,因为我们没有看见你以前的胆子……其实,我小时候也特别想到什么地方去放一把火,因为胆子真的小,想是这么想,从来不敢做,最多点着一根火柴烧一根树枝。我知道你是好样的,你什么都做得出来,孙大舅要是结了你这个冤家可不是好玩的一件事……昨夜里真不是你放的火?你老实讲。你是不是不想叫我做校长了?我不做,谁来做呢?谁有我这样水平?"

李不安说:"大舅,不是我放的,我在看电影。我在白布的后面看,因为我看过这场电影了,所以我就隔着小河在白布的后面看,小翠子的大黄狗坐在我左边看电影,平安坐在我右边听电影。从后面看电影很好玩,人的动作都是反的。看完电影以后,我对右边的平安说,狗,起来走吧,却朝左边去对大黄狗说,平安起来走吧……"

孙大舅目不转睛地看着李不安,看了很长时间,最后说:"我要是一定认为是你放的火,你怎么办?"

李不安说:"不怎么办。我回家睡觉。大事化小,小事化了。这是老刺猬教我的。"

孙大舅说:"好了,这把火不是你放的……也不是我放的。那么是谁放的呢?一定有人放的。现在,我和你一起到孙二爷家里去,问问情况。"

李不安被孙大舅拉着手,一直走到孙二爷家里。孙二奶看见李不安,嘴里哟地叫了一声,就走开了。孙二爷坐在桌子前面抽烟,没站起来,只是伸出手,示意孙大舅和李不安坐下。"今天的晚饭就在我家里吃。"他说,"孙大舅是常客,李不安可是稀客。从到我家门口放火烧草堆以后,你就没有来过我家。"

李不安站着说:"幸亏没有烧着。那次喝了两口酒,动作不快,给二爷发现了。换我今天这样子,十个草堆也烧着了。"

孙二爷说:"会说话会说话,出去了一趟,到底是不同了。会说话。请坐。"

李不安端坐在桌子边,一条手臂放在桌子上,就像那次在王彪家里吃饭一样,他客客气气地跟孙二爷扯话。

"二爷家门口的地长得好。"他说。

"那是。"孙二爷凑上来套近乎,"你看麦子,绿得发亮,厚实。你看那块韭菜地,那不像韭菜,像韭菜的祖宗。"孙二爷哈哈笑起来。

李不安也笑,但是他笑不出来。他看见孙大舅也哈哈笑了,突然知道了一个道理:大人和小孩的区别就在于大人能马上笑,小孩不能。小孩能马上哭,大人不能。

这顿饭李不安就在孙二爷家里吃了,他吃得很多。还夸奖孙二奶烧得好吃,当然,他绝对不会再来烧孙二奶的草堆了,草堆烧光了,孙二奶拿什么来烧这么好吃的菜呢?

李不安就这么稀里糊涂地让孙大舅拉着,跟孙二爷达成了和解。吃好饭,他高高兴兴地往回走,一路上不停地练习大笑:

哈哈、哈哈、哈哈……

哈哈、哈哈、哈哈……

他发现这么笑着很累,从脸上开始累,一直累到心里。难怪孙二爷和孙大舅的笑声都很短促。

朱雪琴嗔怪儿子:"到哪里去吃饭啦?也不早点回来……你怎么老是哈哈地笑?笑得这么难听。"

李不安说:"哈哈,哈哈,哈哈哈哈……我会哈哈大笑了。"

李梦安把儿子拉到门外,问他:"吃饭的时候,孙二爷跟你说了些什么?他有没有提到你妈?有没有提到我?"

"没有。就是说,不能烧草堆了。不然的话,孙二奶烧菜就没有草用了。"

"他请你吃饭……他怎么不敢请我吃饭?他敢收买我的儿子。"李梦安咬牙切齿地恨道。就在这时,朱雪琴在门里嚷开了:"哎呀,我腰酸得厉害。哎呀,酸……酸……李梦安,你在哪里?你到外面去做什么?你快来。"李梦安赶快答应一声,扔下儿子进屋去了。

第二十四章

张小明要订婚了,就在春暖花开的时候。这个主意是张小明的妈想出来的。她的丈夫不肯回来,不愿意见她的面。她听人家说,她丈夫在县城里的那个相好,又矮又胖,皮肤黑而粗糙,根本比不上她的长相。她听了之后,更增加了一层恐惧,夜里一个人咬着被角睡觉,好像全世界的寂寞都跑到她这里了。想了哭,哭了想,无边无际地想,无休无止地哭。突然灵感一现,第二天早上起来就到媒婆那儿商量去了。

张小明订婚,张小明的爸爸当然要回家了。

所以有那么几天,张小明的妈过得十分甜蜜:给丈夫烧他爱吃的红烧鲤鱼,给他斟酒,给他夹菜,给他铺被子,给他搔背,似真似假地嗔怪,若有若无地埋怨,轻声轻气地商议儿子的婚事,说一家一家姑娘的长短。

最后说定邻村一个十四岁的姑娘。

张小明跑来告诉李不安,说那个姑娘十四岁,比他小了整整一岁。她的爸爸爱种各种各样的瓜,所以,他老是在集市上兜售他种的各种各样的瓜。他种的瓜总是比别人的好,所以张小明偷过他一只西瓜——一只特别大的西瓜。

"不过我没有见过她。"张小明说,"我想,她不会是个跛子,也不会是个豁嘴。"

李不安说:"她不是个跛子,也不是个豁嘴,那她会是个什么呢?会是个麻子吧?"

张小明提起一只脚,狠狠地踩到李不安的脚背上,李不安抱起被踩痛的那只脚,"哎哟哎哟"地叫着,在原地打圈圈。叫喊了一阵,放下脚,对张小明说:"走,我们看看她去。看她到底是不是个麻子。"

两个人走到姑娘所在的那个村,一进村口,张小明的脸就不自然了,东张西望地不知在看什么东西。但是他又不甘心马上转回去,他好奇,他想见见他的未婚妻。他靠到一堆草上面,说:"我们休息一会儿,我的心扑通扑通地跳,躺一会可能就好了。"

他们半躺着靠在草上面,太阳暖洋洋的,地和草木都是暖洋洋的,绿色朦胧,春色恍惚,空气里飘过来一阵不知名的花香。

"你的心是不是还在扑通扑通地跳?"李不安问。

"越跳越厉害了……你摸摸。"张小明哼哼着。

李不安摸摸张小明的胸,感觉到心脏那儿像有一头老鼠在扑腾。不知道为什么,他的心脏也猛跳了起来,他的脸也变得通红了,他像张小明一样紧张得不得了。

"不好了,我的心脏也跳起来了。我的心脏为什么要跳呢,又不是我来相亲。"他说。

张小明伸过一只手在李不安的胸口探探:"是的,它是在跳,不过没我这么厉害……你是不是也想订婚了? 我让我妈去找媒婆给你说一门亲好不好?"

李不安说:"行,这么说来也行。不行不行,我得回去跟我妈说和她商量商量……好了,我的心脏跳得像平时一样了? 你呢? 好了没有?"

张小明苦着脸,四脚摊开倒在草上面,心里想,我这个样子如果被那几个厉害的妹妹瞧见了,她们会怎么样呢? 李不安看见张小明这副苦样子,也在想:他这个样子如果被他那几个厉害的妹妹瞧见了,她们会对他怎么样呢? 她们会一哄而上,指着他,嘴里叽叽喳喳,叽里咕噜……

李不安忍不住笑起来。张小明忍不住呻吟起来。

李不安说:"我想出一个好主意。我们两个人,现在换一换,你叫李不安,我叫张小明,好不好?"

张小明偏过脸打量李不安:"李不安,你真聪明。这个主意真好,亏你想得出来。我的心不跳了。我们走吧。"

李不安叫他:"李不安。"

张小明答应一声:"哎,张小明。"

他们漫无目的地在村子里走,看见一家两间瓦房的人家,就走了过去。这是个整齐干净的人家,屋子高大,周围种着一圈树,屋前的场地,收拾得平平整整,场地前面的菜地,一畦一畦划分得清清楚楚。

菜地里有一个长辫子的少女在浇粪水。

张小明快手快脚地冲过去,问她:"喂,问你,赵素芬家里怎么走?"

那少女略略偏过脸,斜了张小明一眼,一边浇粪一边问:"你找她干什么?你告诉我你是谁?"

张小明指了指李不安,说:"这是张小明,他马上就要和赵素芬订婚了,想过来看看她长得什么样子。"

那少女放下手里的勺子,站直了身体,睁大眼睛,眨也不眨地盯着李不安的脸。她生着短而弯的眉毛,眼睛是一双特别会专注的眼睛,这让她显得聪明而有趣。她的鼻子直溜溜的,鼻子下面有一道阴影——是一层细细的汗毛,阴影的下面,嘴唇红而饱满。她专注地盯着李不安看了一阵,若无其事地又继续忙她的活去了。

"喂,问你,你怎么不说话?"张小明恼火地说。

少女低着头说:"你叫啥名字?你怎么这么凶?"

张小明说:"我叫李不安,跟张小明家住得不远。"

少女说:"哦,李不安。我知道,就是一个人跑到青岛去的那个人。我们学校里好多人都知道……你到青岛去做什么？那个地方和我们这个地方有什么不同？"

张小明说："不同的地方多啦，今天没空和你细说，你看太阳快下山了，我们还没见到素芬。"

那少女微微笑着说："素芬嘛……长得和我差不多。"

张小明退后一步，惊慌地问："你是素芬？"

少女抬起眼睛，又看了看李不安一眼："不是。我不是素芬，我是素华。我是她的妹妹……我比她小两岁，我今年十二岁，读四年级，我姐姐读初一。"

张小明说："十二岁也能说人家啦。你要是愿意，改天我叫媒人上门给你提亲……你看我怎么样……我，我叫李不安。你看我李不安怎么样？"

少女低下头，红了脸说："那怎么好意思呢？"然后她就转过身去，背对着李不安和张小明，也不干活了，只是向远处望着什么地方。三个人都沉默了，站在那里不说话，只有风刮过的声音。

突然，素华对着小路喊起来："素芬，有人看你来啦。你莫慌张，慢慢地走过来。"

张小明踮起脚朝小路一看，只见一个姑娘，高矮胖瘦和素华仿佛，也梳着两根大辫子。素华说得不错，她们姐妹长得是十分相像。但是姐姐看上去容易慌乱，妹妹喊着"你莫慌张"，她还是慌张起来了，手忙脚乱地朝这边跑过来。

张小明轻声说:"快走!"一拉李不安,两个人像兔子一样跳起来,跑到素华家的屋后,寻条小路逃掉了。

两个人出了村口,张小明还不停地朝后望,怕素芬会追上来。看看后面真的没有人,才放慢了脚步。

"张小明。"李不安说:"我们现在把名字换过来吧。"

张小明上来搂住李不安的肩膀:"我同意。你今天想了个好主意,要不然的话,恐怕我会得心脏病……我的心脏真是不要脸啊!"

李不安唤:"张小明。"

张小明答应一声,唤:"李不安。"

李不安答应一声。

名字就这样换过来了。

李不安回到家里,端起饭碗刚吃了一口,就放下碗对父母说:"爸、妈。张小明要订婚了……我也订婚吧。"平安一口气咽住了,翻了翻眼睛,把嘴里的米饭喷了出来。

李梦安和朱雪琴异口同声:"不——可——以。"

朱雪琴说:"你才多大?就想这个事了。"

李梦安说:"订亲,订娃娃亲,这是农村的陋习,是一种落后的社会现象。再说,你把书读好没有?你刚上一年级就要订婚……我大学毕业了好几年才找了你妈,以前也没有找过别的女人。不信你问你妈。"

朱雪琴说:"你有没有找过别的女人我不知道。反正,我二十三岁和你结婚,以前没有找过别的男人。不信你去问我妈。"

李不安说:"你们找不找不关我的事,反正我要订婚……素芬的妹妹素华挺不错的。她有两条长长的辫子,和小翠子一个样子。"

"素芬是谁?素华又是谁?"朱雪琴问。

平安插上来一句:"哥,你定亲的话,我怎么办?我是个瞎子,没人要我的。所以,我就打算一辈子不结婚了,就留在家里和爸爸妈妈做伴说话儿。"

李不安还是说:"我要……"

平安讨好地咕哝:"你看,你多没良心……这么大一点,就想着要定亲,要老婆,不要父母了。换了我李平安,我可做不出来这种没良心的事情。"

李不安大声叫了:"我要……"

李梦安也大声叫嚷起来:"你要,你要什么?你要吃巴掌还是要吃棍子?朱雪琴,给我到床底下去拿一根棍子来……我自己去拿吧。"

朱雪琴叹了一口气,哄李不安:"吃饭吧,才吃了一口。过几年,等你大一点再给你定亲。你还没发育呢……你连声音都没有变过来呢。"

李不安说:"过几年……不能过几年,过几年素华肯定要让人家订掉了。"

朱雪琴问:"素华到底是谁?"

"她是素芬的妹妹。"

"那素芬是谁呢?"

"是素华的姐姐。"

"到底是谁?"

"素芬是张小明要订婚的那个人。"

"不行。"朱雪琴说:"门不当,户不对的。"

李不安又直着喉咙叫起来:"我要!"

朱雪琴把脸一沉,看看李梦安。李梦安在他们说话的时候,已经喝掉了二两白酒,喝得他额头上冒出了细汗,他的心情也好了起来,他息事宁人地摸摸朱雪琴的肩膀,又摸摸李不安的肩膀,说:"好了好了,两个人不要吵了。只听见你们说'素'啊'素'的……今天的炒素非常好吃,你们为什么不吃点。雪琴,你怀着孕,当心伤了胎气。不安,你要订婚,我和你妈妈会给你订的。不过,是十年以后。你乖乖地吃好晚饭,复习一下功课,再把二年级的语文、数学看一下,明天,你就到二年级的课堂里去上课……再睡一觉。美美地睡一觉,明天起来就不会想着什么素华了。不信你试试看。"

熄了油灯。李不安和平安在黑暗里说话。

李不安说:"素华梳了两条大辫子。"

平安问:"有多长?有没有我的竹棍子长?"

"差不多。"

"那比月香的辫子要短一些。"

"你怎么知道月香的辫子比素华的辫子长?"

"我猜。素华有没有妹妹?"

"不知道。你问这个干什么?"

"她妹妹的辫子肯定和月香的一样长。"

"你怎么知道的?"

"我猜。但愿她有妹妹。"

"……平安,我今天特别想老刺猬。我要是跟老刺猬说,我想订婚,老刺猬会怎样表示?"

"他马上对唐寡妇说,小唐,快把李不安的棉袄做起来。告诉你,一定要马上做好,因为李不安要穿着新棉袄定亲。"

李不安继续说:"老刺猬活着的话,我会把他接到我家里来。你说他愿不愿意来?你说他不愿意来?我也这么猜想。他在他的家里,隔一阵子就得回老家一趟,给他的妈摸两条鱼煮汤喝。……平安,老刺猬临死前对我说,他到'那边'享福去了,他到那边去享什么福?我去看过小翠子了,她住在那个乱糟糟的地方,想一想都叫人难受。想来老刺猬住的地方也好不到哪里去。"

"但是他不咳嗽了,也不发热了,也不用给他的妈下河去摸鱼,也不用给我们操心。"平安说。

李不安说:"不对,享福不是这个意思。我思考,老刺猬的享福就是家有许多余粮,吃饭的时候,大家都放开肚皮吃,唐寡妇、唐寡妇的几个孩子、你、我、他……大家都放开肚皮,吃得笑嘻嘻的。粮食多得十年也吃不完。吃完以后,他问我们:吃饱啦?我们一个个回答:吃饱了吃饱了,吃得太饱了……"

"天上种不种粮食?"

"种。我看月亮里头就有麦田。"

"他要是想我们,怎么从天上下来呢?"

"他踩着云,飞到屋顶上。再从屋顶上溜到地上——抓着屋子上的草下来。"

早上醒来,李不安发现他并没有忘记素华——父亲的话经常是不对的。

下午,上了一节课,李不安和平安就放学回家了。平安跟着一年级的同学回去,他现在结交了许多小朋友,他会讨好他们,会讲奇奇怪怪的故事给他们听,他甚至把糖纸也拿出来给他们看了。他们问他,这糖纸是从什么地方来的?因为李不安不在旁边,平安一不小心就说了真话:从垃圾里捡来的。

李不安回到家里,决定去看看素华。他在他的领地寻找送给素华的礼物,找来找去,只见到几张糖纸,这是平安送他的,而他准备送小翠子的。

路是熟路,很快找到了素华家。素华和素芬都不在家里,素华的妈妈隆重地接待了李不安——她并不知道这个男孩是谁,在她这个年龄上,会对任何一个干净体面的男孩产生好感。她告诉他,素华在学校里上课。然后,她又郑重其事地把李不安带到素华读书的小学校,指给他看素华所在的教室。

李不安站在教室的外面,倚在墙上,探头朝窗户里张望。没有老师上课,这是自修课。教室里十分安静,所有的人都在埋头做功课。

"你们真认真。"李不安对靠墙的一个男生说。

那个男生抬起头,看看李不安。李不安又对他小声说:"赵素华。"

那个男生转过头朝教室中间喊:"赵素华。"

素华漫不经心地转过脑袋来,看看李不安,没有表情,又低下头去做功课了。男生对李不安说:"她不理你呢……我给你喊过了,你走吧。"李不安说:"慌什么?你给我一张纸,一支笔,我写句话给她。"

男生递给李不安一张纸,一支笔。李不安把纸裁成四块,在其中一块写道:我是李不安,不是张小明。

他把写好的纸折成一个小方块,递给男生,男生又递给旁边的同学,旁边的同学再递给旁边的同学……一直递到素华手中。素华展开一看,在背后写:知道了。然后折成一个小方块,顺原路递回李不安的手里。李不安展开一看,撕碎了撒到地上,重新写一张:十年后。这三个字又被折成小方块,顺着老路递到素华的手里。素华在众目睽睽之下展开,仍然在背后写了几个字,折成方块递回李不安的手里,李不安打开一看,又是三个字:知道了。

李不安想,再说些什么呢?总要再说些什么,不能不说些什么。于是他在第三张纸上写道:今天我升二年级了。

递过去又递回来,一看,还是三个字:知道了。

李不安想,她怎么什么都知道,不会吧?是不是我把几张纸搞混了?

低头一看,前两张纸都变成了碎纸撒在脚下呢。

还有一张纸在手上,那就索性再写一句话吧。

"你妈是个大胖子。"他写道。不等这张纸条传到素华的手里,他撒腿就跑了。

第二十五章

隔了两天,张小明传过话来,说赵素华赵素芬叫人来说,张小明和李不安都不是好人。张小明认为,这句话一定是从赵素华的嘴里说出来的,他的赵素芬有点傻——就是有点二百五,她不会想到说这种话,她最多也只是附和她妹妹的观点。赵素华是个有心机的厉害人。

是的,安静而有心机。李不安已经知道赵素华的性格了,这种性格有点像她妈妈朱雪琴。朱雪琴和李梦安吵架时,常常不吭声,安安静静地坐着,看着李梦安上蹿下跳,突然一句话打到李梦安的要害上,把李梦安从天上击落到地上,半天回不过神来。

赵素华的姐姐赵素芬易紧张,易激动,常常手忙脚乱而又没主张。这样的女孩子会和张小明合得来,因为张小明从来不紧张,他的激动也是假装的,他是兵来将挡,水来土掩,鬼点子一个连一个——去看素芬的那天除外。

"那怎么办?素芬不会不肯和你定亲吧?"李不安有些担心

地问。

"不会。"张小明拍拍李不安的肩膀,"我张小明是何等样人?她什么地方去找我这样的人?她怎么会不想和我订婚,她想都没想到这个问题。我就是把她卖掉,她也想不到不和我订婚。"

果然,两天以后,张小明到李不安的家里,下了口头请柬,请李不安一家明天下午过去,参加张小明的订婚仪式。

订婚仪式,也就是请了亲朋好友,在屋前和屋里摆开桌子。去的人出了礼,坐下,大吃大喝一顿,把一个没有记号的日子过得嚣张而狂热。这样,日子就有记号了。若干年后,张小明的妈会突然想起这个日子,说:今天是我儿子定亲的日子。去吃喝的人,到了这个日子,也会偶然想起这个日子有点内容:咦,张小明不是这天定亲的吗?不是?是……好像是。那天喝了多少酒?八斤还九斤?那天吃的是肉皮蛋羹、全鸡、红烧鲤鱼……张小明的爸也从县城里回来了,许多时候不见他,他胖了……他县城里的女人谁谁见过,说是……

朱雪琴马上拒绝:"我不去。我不去见你妈。"

李梦安也跟着说:"那我也不去了。"

张小明头一低,出去了。

李不安从凳子上站起来,说:"爸,妈,你们为什么不去呢?我的最好最好的朋友定亲,你们不去的话,我不高兴。以后我定亲的话,他也会来的。"

朱雪琴赶到门外,朝张小明叫喊:"张小明,你跟你妈说,明天晚上我们一家都去。"

李梦安在门里嘀咕:"你说去就一家子去,你说不去就一家子都不去,你是个法西斯,你是个太上皇。你说不去我就不去,你说去我就去,这种事传出去丢了男人的威风……算了,我不计较。既然你去,那我也去吧。因为你怀着孕,我要看着你。"

平安也嘀咕:"你们都去,我当然去。我谁都不看,我就光顾着吃喝。这是我头一次被人家请客吃饭,我要好好地珍惜。"

傍晚,张小明的定亲晚宴热热闹闹地开场了,煤气灯早就挂在了屋前的树上,一等天黑就点亮它。张小明的妈请了两个厨师在家里的厨房里烧菜,她自己到处张罗,忙得不可开交。大姑娘小燕子,二姑娘小雁子,三姑娘小娟子,三个脸蛋粉白而善骂人的姑娘,此刻一句话也不敢多说,跟着她们的母亲忙里忙外,但是眼睛一刻也没有闲着,她们互相交换着消息,悄悄地。

"她家爸和妈来了……她也来了……素华也来了。"

这个"她"指的是素芬。素芬进来以后看都不看她们一眼,只顾着拿眼睛去瞄张小明,可恨的是张小明根本不理会她的用心。素华走进来的时候,朝她们姐妹三个笑笑,轻轻一笑,眼珠子轻轻一扫,好像一阵子和风,把她们三个全都照顾到了。

过了一会儿,姐妹三个又碰了一次头。

"李不安来了,他手里拿着一把手电筒……他的爸和妈也来了……我妈和李不安的妈会不会再打起来了……不会,我妈被李不安的妈打怕了,怕得不想打了——这是她自己这么说的。"

张小明的爸爸许久没有回来,难得回来一次,又是儿子的定亲仪式,他高兴得合不拢嘴,逢人便递上一支"大前门",不管是男人还是女人。他的头发朝后梳着,头发上油光光的,脸上也是油光光的,他的人在县城的女人那儿变得圆滚滚的,他的十个指头都胖了起来,圆鼓鼓的,他给人递烟的时候,郑重地把香烟放在手心里,十个胖指头一齐捧着香烟,好像把那十根喜气洋洋的手指也当作礼物递了过去。

"他其实没有必要这样点头哈腰。"姐妹三个又到一起交流信息了,"这样很没风度……他愿意这样,随他去吧。你们看妈也是这样。等我们三个定亲的时候,他们就不会这样了,他们会哼哼哈哈地不当回事。"

张小明的爸爸和李梦安握了一下手,表示他们都是有身份的人。他们站着的时候,素华的爸爸也过来了,三个人围成一个小圈,一人抽一支"大前门",从农事谈到国家领导人,从国家领导人说到军队建设。他们对这些事都懂。

那边,平安在叫:"李不安,你别丢下我。你在哪里?"素芬和素华的哥哥,一个十六岁的高中生,走过来,扶着平安的肩膀把他带到李不安旁边。李不安和张小明在说话。

"张小明,你爸爸的头发上倒了多少油?"李不安问张小明。

"半斤,起码半斤。"张小明说:"头发上倒不下,流到了脸上——你看他的脸上也是油光光的。"

平安说:"油什么?今天的菜肯定炒得油油的,我闻得出来,厨房里飘过来的味道油油的,我喜欢闻这种味道,油大盐大才好吃哩。"

素芬的哥哥说:"张小明,今年你不会留级了吧?你不留级才好哩,你、素芬、素华、我会在同一个学校里念书了,我们天天都看得见。"

张小明对李不安说:"你什么时候升到五年级?如果你今年春节前升到五年级的话,你就能和我一起考到中学里去了。你、我、素芬、素华、还有他——素芬的哥哥,我们就在同一个学校里念书了,天天都看得见。"

厨房外面,五个女孩子面面相觑。小燕子、小雁子、小娟子、素芬和素华,大家都觉得难为情,因为今天素芬订亲,她们看在眼里,知道自己也有这么一天,免不了触景生情。但是素芬不怎么难为情,她除了紧张和慌乱以外,只是略微有点不自在。她一看张小明,就有点不自在,因为张小明不理她。不看张小明的话,她就大大咧咧地笑,伸头朝厨房里看,点多少菜肴,好像眼前的一切与她没有多少关系,即使有关系,那也是她与一桌菜的关系。

"一、二、三……"她嘴里出声地点数。

素华就把姐姐的手轻轻一拉,捏一捏,又放下,她让姐姐心里有数,厨房里的菜是不能点的。如果她点了的话,会被未来的婆婆和三个小姑子看不起的。

"这里有只喜鹊窝……那里也有一只。"素芬又去看屋后的树了。素华只得又捏捏姐姐的手,她的小动作都让小燕子看在眼里,她觉得素华是个厉害的人,素芬是个没心眼的人。但她不知道怎么搞的,她喜欢素华,有点瞧不起未来的嫂子。她偷眼一觑,发觉小雁子和小娟子也在有意地观察素华和素芬,她还发觉她们的想法和自己一致,她偷偷抿嘴一笑。是的,她们姐妹三个一向如此,不用说话,就知道彼此的想法了。

小燕子觉得作为主人,她应该说几句话才对。

她说:"哎,我们站在这里不雅观,没风度。我们不如找个地方姐妹五个好好说说话。"

二姑娘小雁子一拉素华的手:"走,我们到屋后去。那里有一片空地,堆着干草。我们躺在草上舒舒服服地说话。"

素芬看了一眼张小明,叫:"张小明——过来!"

三姑娘小娟子也招呼:"李不安,我们到屋后去了,你们来不来?你们来吧。"

于是,五位女孩儿,四位男孩儿,都到屋后去了,屋后的草堆上从来没有一下子涌进过这么多人。九位少年,站的站、躺的躺、坐的坐、倚的倚,各取姿势,什么心事都没有。大家沉默了一会儿,素华对小雁子说:"雁子,你说我妈是不是个大胖子?"小雁子说:"你妈不是大胖子。"素华又对小娟子说:"娟子,我妈到底是不是个大胖子?"小娟子还没说话,李不安就不高兴地说:"赵素华,你真啰嗦。谁说你妈是大胖子?说出来听听,我去揍他一顿,就完了。"素华微微一笑,不说了。

张小明站起来说:"我们请李不安同志谈一谈他到青岛去的所见所闻。特别要请他谈谈他手里的手电筒,他总是带着它。我看见他上学的时候也放在书包里……他带来带去的,居然没有丢掉——同意的请鼓掌。"

大家都鼓掌,除了李不安和平安。

平安说:"手电筒我是知道的,这是老刺猬的东西。到青岛,我也去的……一路上发生的事我也知道……李不安,你先说吧。你说得不对的地方我来纠正,不全的地方我来补上……我鼓掌了。"

二姑娘小雁子说:"谈的是所见所闻……你不能所见,你只能'所闻',罢了……你还是别说吧。"

朱雪琴在屋里坐着,除了和一些有头脸的女人寒暄,她还抽空朝厨房里不时地瞥一眼。瞅准厨房里人少的时候,她走了进去。

"哎哟,好香哟!"她眉开眼笑地冲着张小明的妈说:"一厨房都是香味,难怪我家李梦安老说你比我能干。"

张小明的妈敷衍地微笑:"我哪有你能干?说笑了。"

"我帮你做些什么?"朱雪琴认真地四下里观察。

张小明的妈终于露出大金牙像模像样地笑了:"哎哟,不敢劳动你。你去屋里坐着吧,我没招呼你,怠慢你了。"

朱雪琴和李梦安的席位被张小明的父亲安排在屋里,屋里坐的都是贵宾。孩子们都在厨房里吃饭。菜刚端上桌子,汽灯就点亮了。一棵树给它照得白花花地看不真切。平安吃了几口就不再吃了,李梦安说:"平安,吃饭的时候,你想什么?"平安趴在桌子上开始抽泣,还把头在桌子上摇得像拨浪鼓。"我想到一件事。"他说:"过几年,你们娶亲的娶亲,出嫁的出嫁,就剩下我一个人孤零零的。我有什么意思?我还不如不来,我还不如一个人待在老刺猬的屋子里。"

素华安慰他:"谁说你不能结婚了?"

素芬快嘴快舌地说:"找个瞎子就能结婚了。"

平安一听大哭,李不安放下筷子去捂他的嘴,被他咬了一口,"我不要瞎子。"他坚决地表态,"两个瞎子加起来等于一屋子都是瞎子。"

三姑娘小娟子悄悄地对自己说:"我给他拿块麦芽糖去。"她到自己的枕头底下取了一块麦芽糖,这是她用旧报纸换来的。麦芽糖用一块白纸包着,硬得像一块小砖头。

"这是什么东西?"平安放到鼻子下面闻闻,"是麦芽糖。怎么化成这样了? 纸都撕不下来了。小娟,你拿走吧,我不吃麦芽糖——我咽不下去,我心里难过。"

晚饭散场了。吃晚饭的时候,月亮在东边的天空上,有点灰暗,云里雾里的,带着淡红色。吃好晚饭,月亮就在头顶上了,清澈的柠檬黄,把天空映照得无比纯洁。平安在屋里给三姑娘小娟子讲乱七八糟的故事,二姑娘小雁子倚在旁边一边听,一边冷笑。大姑娘小燕子帮母亲收拾碗筷。而素芬姐妹俩、她们的哥哥、张小明和李不安,都走了。素华和素芬的哥哥一个人走在最前面,边走边唱一首歌。他的大妹妹素芬和张小明落在他后面,远远地跟着他。李不安和素华跟在张小明和素芬的后面,保持着一段距离。

"我妈是个大胖子吗?"素华问李不安。

"你妈是个大胖子。"李不安回答,拿着老刺猬留下的手电筒,朝天空里扫射。天空深邃得遥无尽头,手电筒的光躲躲闪闪的,总也走不远,它像一条狗一样,走不多远就想家了,害怕了,回来了。

"从来没有人说我妈是个大胖子。"素华还在唠叨。

"人家都在心里说。"李不安坚持。

"我觉得我妈一点不胖,她跟你妈一个样子。"

"你妈怎么不胖? 她和我妈不是一个样子。"

走了一段路,素华的思考有了结果,她又开始问李不安:"我妈是个大胖子吗?"

"你妈是个大胖子。"

"没人会说我妈是个大胖子。"

"人家都在心里说。"

"我觉得我妈不是个大胖子,她一点也不胖。你怎么觉得她很胖?"

"是啊,我为什么觉得她很胖?这个问题我要回去好好想想……谁在唱歌?你哥在唱,张小明他们唱了,我们也唱吧……算了,不要唱吧,我们再一唱,声音太响了,狗肯定要朝我们叫了。"

"那我们再说些什么呢?"

"不说了。我给你两张糖纸,它们就在我衣服里面的口袋里。你拿了糖纸以后,就不要和我说话了,我要思考一点问题。"

素华说:"李不安,你有些怪。人家说,你爸爸和妈妈都是好人……好人也会生个怪怪的小孩?"

素芬和素华的家里已经亮着油灯,她们的爸妈先到了家。她们的爸妈都笑眯眯地,好像从来没有碰到过不舒服的事。看见张小明和李不安来,他们更笑眯眯了。他们对张小明是有保留地笑眯眯,对李不安就不同了。于是李不安一边一只笑脸,笑着的脸都是黑红黑红的,上面有着复杂的皱纹。笑脸下面还不断地伸出这只手或那只手,给李不安递茶,递毛巾,递香烟。

"我不抽烟。"李不安说。

"你怎么不抽?去年在我家里吃饭,我和你一人抽了一根。"张小明说。

"这是喜烟,抽一根抽一根。祝你也早点定亲。"素芬和素华的父亲又递了过来。

张小明说:"你看我丈人多会客套?"

李不安接过香烟,凑着张小明点着的火柴吸着了香烟,然后,他端端正正地把一条手臂放在桌子上,觉得自己应该说点什么了。他说:"你家门口的菜地长得很不错。这是你家的地吧?"

"明知故问,你上次看见我浇粪了。"素华不高兴了。她不高兴时扬起了一条眉毛,于是她的宽宽的额头上,两条短而弯的眉毛,一条高一条低。

"你到厨房去,烧两碗蛋汤来。"素华的爸爸吆喝着素华,又转过头对李不安嘿嘿笑道:"那是我家的菜地。你有没有看见我家的瓜地?我种的瓜你有没有吃过?我种的不论什么瓜,都是这方圆十里间最好的,你爸爸这个人我也早听人说过,他本来是大城市里的教授,他到了我们这个地方,就是我们这方圆十里间最好的老师。他怎么教小学呢?他应该教中学。可惜我们这里没有大学……隔一百年也不会有大学。"

说完,他朝厨房里喊:"素华,蛋汤烧好没有?"

素华在厨房里应声:"蛋汤?刚吃过那么多的饭菜,谁还想吃蛋汤?以后再吃吧。"

素芬走过来对她的父亲说:"张小明今天要住在我家里。"

她父亲张大了嘴巴,伸出了舌头看着她,一时不知道说什么话才好。

"张小明今天要住在我家里。"素芬又说了一遍,唯恐她的父亲听不真切。

张小明喊起来:"我没有说……我真的没有说。我不住这里,她这个人太麻烦。"

"你看,人家没说要住在这里嘛。"素芬的父亲大大地松了一口气。

张小明说:"李不安,你还坐着干啥?你不想回家啦?"

平安早就睡下了。朱雪琴和李梦安的房间里还亮着灯光。李不安敲敲门走了进去,他父亲李梦安不在,他母亲独自在灯下做一件小棉袄。"妈,你在等我是不是?"他对母亲说。朱雪琴容光焕发地说:"也等你……一边给你妹妹做一件棉袄。你看这棉袄好看不好看?"

"好看。"李不安说:"我离家的路上,遇到过一个姓唐的寡妇,她家里有许多小孩。她和她的小孩不怎么笑。真的,我从来没有看见她和她的小孩笑过一次。"

"他们生活困难,笑不出来。"朱雪琴马上判断。

"她说好了给我做一件棉袄……结果也没做。"

"妈给你做。妈今年春节让你穿上新棉袄。"

"给平安也做一件吧。他那件旧棉袄破得不像样子。"

"好吧,让平安今年春节也能穿上新棉袄。"朱雪琴说,"你穿草绿的,平安穿红的。想想看吧,你穿着绿的新棉袄,平安穿着红的新棉袄,家里有两个人穿着鼓鼓的新棉袄走来走去,像两只充了气的皮球,家里一下子显小了,显暖和了……我索性给你爸爸也做一件棉袄,灰布的面子,中式对襟,两边开岔,他也穿了新棉袄的话,家里就更暖和了……我?我就不穿新棉袄了,那时候我得照顾我的小宝宝。等小宝宝大一点以后,我要回一趟娘家,住在娘家里,只吃不动,听听广播,吃吃零食,和别人聊聊天,到街上去买买东西。你爸爸会说我这个想法是个小市民的想法。但是我爱这种生活。我还想要一件雪花呢大衣,或者里子是带毛的羊羔皮大衣。一套上海培罗蒙做的哔叽料女式西装。夏天,我要一件水红一件鹅黄一件天蓝的衬衫。我还想要一只足铂金戒指,外面不能戴,我就悄悄地在家里戴。还想要一只'英纳格'手表,'梅花'包金表也行。还要一对二十多块钱的派克金笔,写信的时候就用它来写。还要……"

母子两个人正说着话,李梦安酒气冲天地回来了,乒乒乓乓地敲门,又像一头牛一样喝水。

"林老五拉我喝了半斤……他家里自己酿的酒,好凶。"他说。

然后他又叫:"不安呢? 不安在哪里?"

李不安站在他的身后回答:"我在这里。"

李梦安兴高采烈地对朱雪琴嚷:"林老五家有个小闺女,他们叫她林小玲。长得圆圆胖胖的,一副福相,举止安静,看上去又聪明伶俐。不如和林老五说一声,把她配给我们家的李不安吧……"

朱雪琴说:"这怎么行? 门不当户不对的。"

李不安大叫:"不要。"

李梦安说:"你不是想和张小明一样定亲吗?"

李不安还是大叫:"不要,不要。"

平安不知什么时候站在门外了,此刻心痒难挝,忍不住哇哇大叫:"哥不要,平安要。"

第二十六章

　　小翠子的妈特别不想碰到李不安。她对别人说,一看见李不安,她心里就难过,因为她想起了小翠子。别人安慰她,小翠子是生了病,慢慢死去的。谁家的小姑娘和小翠子一样大,早上还活蹦乱跳的,到了晚上就死了——掉在河里淹死的。你想想,这多让人想不开啊?这多让人受不了啊?所以,心里该满足了。那个淹死女儿的妈,到现在神经还不大正常呢,说是老在她家放米缸的角落里听见她女儿的哭声。这个妈才惨呢,心里一点准备也没有。

　　小翠子妈想,是啊,该满足了,天下比自己伤心的妈多着呢。但是她还是不想碰到李不安,不想碰不想碰,偏偏还是碰到了。她看见李不安搀着平安的手,放学回家了。学生们排成一个长队从操场上出发,像一条不断朝外面抽出来的长绳子。一出了校门,绳子就乱了。最前面的早就散得无影无踪,后面的还像个队伍的样子。李不安和平安落在队伍的后面,慢慢地走着,和队伍越来越远……接下来,学生们全部各奔东西了,队伍也没有了,路上只剩下李不安和平安两个人,李不安有时候搀着平安走,有时候蹲下去不知道在地上做些什么。

"他居然带回家一个瞎子?"

小翠子的妈漫无边际地想,太阳在头顶上,阳光暖烘烘的,像一股到处流淌的暖水,把旮旮旯旯的地方全都流到了,也流到了她的身上,让她的伤感不那么纤细了……再没有什么可供她遐想了,于是她扛着锄头回去了。

李不安在路上捡蝌蚪,平安站在旁边等着他。在春天有蝌蚪的日子里,每天中午放学的时候总有很多的蝌蚪连同水草一起被人捞到岸上,那些蝌蚪动也不动,活着的就张开大嘴吸空气,死的就像一颗黑豆豆。放学过后,队伍经过的地方,留下来一溜蝌蚪。往年,小翠子活着的时候,总是她和李不安两个人蹲在路上捡。小翠子对他说:"李不安,你手脚轻一点。蝌蚪又软又嫩,一捏就死了,你要像我一样,把蝌蚪同泥一起轻轻抠下来,轻轻扔到水里放生……这是一条命呢。"

于是李不安听从了小翠子的话,照着她的话去做。

平安不舒服地皱着眉头。

李不安说:"平安,小蝌蚪长着一只大圆头一条尾巴。身体有黑的有灰的,灰的长大了变青蛙,黑的长大了变癞蛤蟆。它们的身体是半透明的,不用对着太阳光,也看得见圆头里面的肠子——大圆头就是它的身体。肠子一圈一圈地绕成一个圆。它的大嘴巴老是不停地动,除非死了。死掉的蝌蚪给太阳一晒,就变得像一张纸那么薄。但是有些看上去死掉的蝌蚪,你把它朝水里一放,它就活了。它干瘪的身体就胀了起来,它的尾巴上还沾着泥巴呢。它带着泥巴游了起来,不过游得一点都不快……这些蝌蚪,都是我替小翠子放生的……这条是,这条也是……"

平安说:"我饿了。"

后　记

人心是世上最顽强的东西

《美哉少年》是我四年前写的,后来刊登在《钟山》上。写了以后,它好像石沉大海了,至今因为种种原因没有出单行本。记得当时听到几个人向我否定它,也有几个人向我肯定它。我都很感谢他们,写了一部小说,总想听到一些话的。任何一种话都对我有用。

四年过去了,当时的热情已经渐渐变淡。编辑打电话给我,说要选用,自是高兴。

于是翻开杂志,重新看了一遍。看了之后,有两个感觉,一是汗颜,二是感动。汗颜的是,现在看来,这部小说不免粗糙,它是由心而发的那种,没有经过写作前更深一步的思考。而且小说里有许多小毛小病。因为时间的关系,我无法给这些毛病彻底"手术"。感动的是,它是善良的,真诚的。我想,选刊之所以决定用它,一定是源于后者。

它是我少年时的一个梦。

我的少年时经历过"文革",经历过深深的不安。所以我把小说的主人公叫做"不安"。一提到"文革",我就想起巴金先生,他生前执着于建立一个"文革博物馆",可惜没有建成。说得狠些,一个总想忘记过去的民族是没有希望的,哪怕这个民族非常富有。

跑题了,回到原来的地方。

在"文革"中,我随父母到了穷苦的地方。很奇怪,我一方面经历着不安,眼睛里全是乡下穷人无奈的生活。但另一方面,在心里最深的地方,往往只留着一些美好的东西。我想,这就是人对自身的本能的浇灌,这就是"人之初,性本善"吧。

这篇小说源于我少年时的一个美好回忆,一个梦。有一次,我父亲从青岛回来,很兴奋地告诉我母亲,他在那个城市里看到了一位奇美的女孩子,他走南闯北,不知道见过多少漂亮女人,但是这一位真是绝色。我母亲听说以后,找了一个机会去青岛看了那位奇美的女孩子。后来我舅舅也去看了。前几天,因为马季的电话,我再次和父母提起这件事,我问他们,那个女孩子真的那么美吗?我父母想了一想,说,漂亮的。脸上淡然的样子。我记得在那些艰苦的岁月里,他们每次提到这位陌生的美女,脸上都洋溢着动人的光彩。我明白了,真正的意义不在于这位美女到底有多美,而在于人心饥渴到什么地步。人心最大的饥渴就是对美的对自由的需求。

少年时总是听说这位美女,可惜无缘见到她。但她对我的影响是大的,她是我少年时的一个梦,一个美好的梦。所以我让李不安替我去找了她,也许她并不那么美,可能有一口四环素牙齿,但那没有关系的,重要的是人心在美的滋润中成长,哪怕那种美是沧海一粟,是鱼龙混杂,是来不及感受的一丝一毫,人心中的本能也会拼死抓住它。我相信人心是世上最顽强的东西,没有什么能战胜它。